# J.D. Y EL

# FAMILIAR

escrito por
**J. DILLARD**

ilustrado por
**AKEEM S. ROBERTS**

traducido por
**OMAYRA ORTIZ**

Kokila

Kokila
An imprint of Penguin Random House LLC, New York

First published in the United States of America by Kokila,
an imprint of Penguin Random House LLC, 2021
First Spanish-language edition, 2023
Original English title: *J.D. and the Family Business*

Text copyright © 2021 by J. Dillard
Illustrations copyright © 2021 by Akeem S. Roberts
Translation copyright © 2023 by Penguin Random House LLC

Visit us online at penguinrandomhouse.com.

Library of Congress Cataloging in Publication Data is available.

Manufactured in China

ISBN 9780593617465
HH

Design by Jasmin Rubero | Text set in Neutraface Slab Text family

# CONTENIDO

# CAPÍTULO 1
# El nuevo corte de pelo de Mamá

—¡J.D.! —gritó mi mamá—. ¡Ven aquí inmediatamente!

Era la noche antes de su graduación de la universidad. En realidad, era su segunda graduación. La primera fue cuando estudió enfermería, pero luego ella quiso probar algo distinto. Esta vez, regresó para obtener una maestría en administración de empresas. Pronto empezaría un nuevo trabajo en la oficina del alcalde.

Y con tan solo ocho años, ¡yo también tenía un trabajo bastante nuevo! Después de ganar la Gran batalla de barberos de Meridian, Mississippi, hace unos meses, empecé a trabajar para Hart and Son, la única barbería auténtica en la ciudad. Con el dinero que ganaba los sábados compraba caramelos y cómics.

Cuando llegué adonde mi mamá, ella estaba

parada frente al espejo del baño. Vi que había tirado a la basura toda su caja de productos para el pelo.

—J.D., quiero que me cortes el pelo. Necesito un look diferente para mi nuevo trabajo. Y quiero verme especial para mi graduación. Voy a dar un discurso.

A Mamá la habían escogido para ser algo que llaman *valedictorian*. Sonaba como un premio especial por ser inteligente, y mi mamá lo era. Estábamos emocionados porque iba a terminar sus estudios. Ella decía que su nuevo trabajo le daría más tiempo para estar con sus hijos: mi hermana mayor, Vanessa; mi hermano menor, Justin; y yo. Todos vivíamos con mis abuelos, el señor y la señora Slayton Evans, en una casa de un piso construida en la década de los treinta. Cualquiera pensaría que sería un circo, pero no era así. Los adultos nos mantenían organizados.

—¿Qué estilo quieres, Mamá? —le pregunté.

Mamá se sentó en el banquillo que guardábamos en el baño y sacó su teléfono. Me mostró una foto en Instagram de la actriz que hizo el papel de

Nakia en la película *Pantera Negra*. Ella llevaba el pelo corto con la partidura hacia el lado.

—¡Quiero esto! —dijo Mamá.

—¡Wow, Mamá! ¿En serio?

Solo había visto a mi mamá con pelo corto, con su corte *pixie*, pero este sí que era CORTO.

—Sí, estoy segura —contestó—. Me parece que es un corte que puede hacer un barbero, y el mejor barbero en toda la ciudad vive en mi casa —añadió con mucho orgullo.

Fui a mi cuarto a buscar mi máquina recortadora.

El zumbido que hacía al prender siempre me ayudaba a enfocarme y a entrar en la zona.

Mientras el pelo de mi mamá caía al suelo, yo deseaba hacer un buen trabajo. Quería que se sintiera especial en su día especial.

Cuando terminé, le pasé un espejo de mano a Mamá y ella echó un vistazo. Se tocó la cabeza y sus ojos se abrieron de par en par. Luego comenzaron a brillar. Estaba llorando.

¿Había yo hecho un trabajo horrible? ¿Detestaba cómo se veía?

Nunca le había arreglado el pelo a una mujer,

y quizás debí haber practicado antes de cortar el de Mamá. La imaginé subiendo al escenario al día siguiente, y todo el mundo señalándola y mirándola fijamente. La última vez que tuve un *fade* torcido, ¡los niños de la escuela se burlaron de mí durante semanas! ¡¿Qué había hecho?! ¡Ahora Mamá tendría que dejarse su birrete de graduación puesto todo el tiempo!

De pronto una sonrisa transformó el rostro de Mamá.

—No puedo creer lo bien que me veo —comentó.

Nadie había llorado antes en mi silla de barbero. Afortunadamente, eran lágrimas de alegría.

—¡Y mi hijo James es la razón por la que me veo genial! —agregó.

Esto me emocionó y me hizo sentir muy bien. ¡Y también me sentí emocionado porque mañana mi trabajo estaría a la vista de cientos de personas en el auditorio de la universidad! No me había pasado algo así desde la Gran batalla de barberos.

Después de ganar, la gente me saludaba chocando los puños, dejaban que me colara en la fila

o me regalaban muestras en la heladería. Y hasta habían escrito un artículo sobre mí en el periódico *Meridian Star*. Abuelo enmarcó el artículo y lo colgó en la sala de estar junto a algunos dibujos que yo había hecho. ¡Era fantástico!

Últimamente me había estado cuestionando si estaba perdiendo mi encanto. Había tenido que pagar por mi helado durante semanas. ¿Acaso me estaban olvidando?

Mamá me dio un fuerte abrazo antes de salir de la habitación; se veía radiante. ¡Al menos ella todavía era mi mayor fan!

El abuelo dejó a Mamá en su ensayo de graduación temprano por la mañana. Eso nos dio tiempo suficiente para prepararnos para la fiesta sorpresa para Mamá.

—Muy bien, todo el mundo, manos a la obra —nos dijo el abuelo cuando regresó a la casa.

Pusimos una pancarta que decía «Feliz Graduación» en el porche trasero y cubrimos con papel aluminio el pastel de chocolate, el pollo frito y la ensalada de papas que Abuela había preparado.

Les pedimos a todos los invitados que trajeran un platillo extra, ¡y yo estaba ansioso por comer de todo en cuánto regresáramos!

En la ceremonia, Mamá se veía muy segura frente a la audiencia con su nuevo corte de pelo. Sus aretes brillaban mientras hablaba. Pero era difícil concentrarme en lo que ella estaba diciendo porque yo tenía muchísimo calor por haber estado sentado allí en mi ropa de iglesia.

Igual que Mamá, yo también había terminado mis clases, ¡y eso era lo mejor! Las vacaciones de verano estaban a punto de comenzar. Bueno, las clases en Douglass Elementary estaban casi por terminar, pero el programa de la Evans Summer School comenzaría de inmediato.

«Abuelo, ¿acaso no voy a aprender todo esto el año que viene?» le había preguntado cuando me entregó un papel con todas las materias que él, mi abuela y mi mamá planeaban enseñarnos a mi hermana y a mí este verano.

«Es mejor estar adelantado que atrasado» me dijo.

Supongo que tenía razón; sin embargo, ¡yo tenía

deseos de no hacer nada más que nadar, jugar videojuegos y comer helado hasta el comienzo de la escuela, aunque solo por una vez!

—Y por último, pero no menos importante, recibamos con un aplauso a nuestro último graduado, ¡el señor Harold Zeet!

Mientras el señor Zeet sonreía y recibía su diploma, sentí un golpecito en la parte de atrás de mi cabeza.

Era Vanessa. Me entregó un papelito que decía:

Tengo una idea para tener el mejor verano de la historia.
Hablemos en la fiesta.
Esta oferta expirará, ¡así que no te lo pierdas!

Mi hermana tenía una sonrisa enorme en su rostro. Y ella solo sonreía así cuando se traía algo entre manos. Como la vez que se le ocurrió escaparnos de la iglesia e irnos a casa para terminar de ver *The Mandalorian* después que nuestra amiga Jessyka nos diera su contraseña para acceder a

Disney+. Vanessa había calculado el tiempo perfectamente para que pudiéramos regresar antes de
que alguien se diera cuenta de que nos habíamos
ido.

¿Qué tenía en mente esta vez y en cuántos problemas nos meteríamos?

## CAPÍTULO 2
# Una sorpresa doble

Cuando terminó la graduación, le dijimos a Mamá que iríamos al New Meridian Buffet, un restaurante que se había convertido en nuestro lugar favorito cuando cerrábamos la cocina en la casa.

Al pasar frente a nuestra casa, Abuela dijo:

—Olvidé mi bolso, Slayton. Detente para que entre a buscarla.

Pero cuando se estacionó en la entrada, todo el mundo que estaba escondido en el patio saltó y gritó «¡Sorpresa!».

Mi mejor amigo, Jordan, y mis otros amigos Xavier y Eddie estaban allí. Vanessa también había invitado a un montón de amigos, incluida Jessyka, que era amiga de los dos. Jessyka estaba en mi grado y en mi equipo infantil de fútbol americano. A veces ella se sentaba con nosotros a almorzar en la escuela cuando salía un nuevo ejemplar de nuestro cómic favorito o cuando quería mostrarnos un nuevo video de YouTube.

Mamá definitivamente estaba sorprendida. ¡Y sin palabras!

Conversamos, comimos y bailamos al ritmo de la música que sonaba en la bocina Beats Pill de Jordan.

Vanessa se acercó con Jessyka y me preguntó:

—¿Estás listo para escuchar mi idea, J.D.?

—Supongo que sí —contesté.

Quería escuchar sobre la oferta antes que expirara.

Jessyka sonrió y sacó su iPhone. Abrió YouTube y escribió las palabras «niño barbero».

Me acerqué y todos miramos mientras Jessyka pasaba los videos de niños con máquinas recortadoras en sus manos, cortando el pelo de adultos. Algunos de los barberos eran niñas, otros eran niños y algunos estaban en otros países, pero todos tenían más o menos mi edad. Yo había visto videos de barberos para tratar de aprender nuevos estilos, pero nunca había visto los de otros niños.

—Mmm, lo único que está haciendo ese chico

es un *drop fade*. Yo hago esos cortes todas las semanas en Hart and Son, y ahora hasta hago los *teardrop* —le dije—. Eso no tiene nada de especial.

Jessyka siguió pasando videos.

—¿Por qué me están enseñando esto? —les pregunté.

—¡Esto nos va a ayudar a salvar nuestro verano! —contestó Vanessa.

La miré confundido. ¿Qué quería decir?

—J.D., ¡simplemente no puedes ver más allá de tus narices! —dijo Jessyka riéndose.

—¡Comencemos un canal en YouTube! —gritaron las dos al mismo tiempo.

Vanessa continuó:

—Si echamos a andar un salón de belleza que arregle uñas y haga cortes de pelo para niñas y cortes de pelo para niños, todo el mundo los verá y muchas más personas visitarán nuestro canal que el de esos otros niños.

La mirada de confusión en mi cara no cambió, así que Vanessa continuó:

—¡Podemos hacernos famosos, y no solo en Meridian! —dijo—. Más de ocho millones de personas han visto los videos de este niño. ¡Ni siquiera hay tres millones de personas en todo el estado de Mississippi!

Siempre teníamos memorizados datos y cifras sobre nuestro estado gracias a la Evans Summer School.

—Anda, J.D. —dijo Vanessa—. Es obvio que estás aburrido en Hart and Son.

Nunca me parecía que Vanessa prestara atención a lo que estaba pasando en mi vida, pero quizás estaba equivocado.

—Está bien, Vanessa, pero ¿quién nos va a filmar? No sabemos cómo añadir música ni editar videos como estos —le dije—. ¡Ni siquiera tenemos nuestros propios teléfonos!

Vanessa se volvió hacia Jessyka, quien finalmente guardó su teléfono.

—Yo sé cómo hacerlo —dijo Jessyka—. Ya comencé un canal para mis carreras de atletismo.

Jessyka me había enseñado su canal, y sus videos parecían películas cortas. Era otra cosa en la que era buena. Probablemente sería presidenta algún día.

—¡Trabajar juntos podría ser divertido! —respondí—. ¿Qué más vas a hacer este verano?

El año pasado, Jessyka regresó a la escuela después del verano habiendo aprendido tae kwon do. Me demostró una patada giratoria perfecta mientras yo tenía puestas mis almohadillas de fútbol para que no me doliera, aunque como quiera me dolió un poco. ¡Fue increíble!

«¡Wow, Jessyka, tremenda patada de karate!», le había dicho.

«Es tae kwon do», me corrigió. «El karate viene de Japón y se usan más las manos. El tae kwon do viene de Taiwán y se enfoca en las patadas».

«¿Cómo aprendiste eso?», pregunté.

«¡Se llama Google!», se rio.

Antes que Jessyka nos contara sobre sus planes para el verano este año, Abuela gritó:

—¿Puedo tener la atención de todos, por favor?

Estaba mirándonos desde los escalones del porche.

—Jordan, por favor baja el volumen de esa música —le dijo a mi mejor amigo.

Jordan apagó la música por completo y ahí me

di cuenta de cuánta gente había en mi patio. Había gente de la iglesia, del centro de recreación donde mi abuela daba clases de cerámica, las amistades de Mamá de la universidad y los papás de mis amigos.

Abuela siempre era el alma de la fiesta, así que no me sorprendió que se levantara para decir unas palabras.

—¡Verónica, estoy muy orgullosa de ti! ¡Regresaste a la escuela y no te rendiste! Te amo, tu papá te ama ¡y todos te amamos! Slayton, ¿quieres añadir algunas palabras?

—No, cariño. Lo resumiste muy bien —dijo mi abuelo mientras abrazaba a la abuela.

Hubo aplausos y suspiros entre la multitud.

Al parecer la gente pensó que las palabras de Abuela abrían el momento para los regalos, porque se formó una fila cerca de la mesa de atrás, y allí comenzaron a amontonarse cajas de distintos tamaños y un plato hondo vacío se llenó de sobres. Me pregunté si Mamá nos dejaría abrir las cajas con ella como hacíamos el día de Navidad.

Vanessa tomó la mano de Jessyka y comenzó a llevarla hacia la comida.

—Piénsalo bien —me dijo.

Me acerqué a Xavier y Eddie, mis amigos del equipo infantil de fútbol, que se habían sentado con Jordan y habían estado hablando todo el tiempo de un videojuego llamado Minecraft. Jordan se había enganchado recientemente con él.

—¿Puedo ver tu teléfono un segundo, Jordan? —pregunté.

Jordan me dio su teléfono. Escribí las palabras «niño barbero» como Jessyka había hecho unos minutos atrás.

—Miren a estos niños —dije—. ¡Hacen lo mismo que yo y son famosos!

—Eres famoso —contestó Xavier—. Todos te vieron vencer a Henry Jr. en la batalla de barberos. ¡Y él es adulto!

—Sí —comentó Eddie—. ¡Eres una estrella aquí en Meridian!

Creo que Eddie lo dijo como un cumplido, pero yo no lo sentí así y no estoy seguro por qué.

—Solo tuve que ganarle a una persona en Meridian —les recordé—, y fuera de esta ciudad nadie sabe lo que hago.

Si les dijera que los beneficios de la batalla de barberos estaban desapareciendo y que sentía que la gente se estaba olvidando de mí, ¿entenderían? Me habría gustado estar en la barbería. Sentía que era más fácil hablar allí. Decidí que de todas maneras les diría a mis amigos.

—Vanessa me dijo que si filmamos videos de pelo juntos, más personas podrían ver el trabajo que hacemos —dije sin respirar.

Jordan miró a Xavier. Xavier miró a Eddie. Eddie miró a Jordan. ¡¿Alguien me iba a decir algo?!

—¿Quieres estar encerrado todo el verano con tu hermana arreglando pelo? —preguntó Xavier. No era lo que quería oír, pero me alegré de que alguien comenzara la conversación.

—¿Por qué no? —contesté—. Jessyka sabe cómo filmar videos.

Xavier gruñó. Durante la temporada pasada de fútbol infantil, él se había puesto un poco celoso por la atención que Jessyka recibía del equipo gracias a lo buena que era. Sin embargo, al final de la temporada, parecía que habían hecho las paces y hasta comenzaron a practicar juntos.

—No hay ningún chico en la ciudad que trabaje y gane dinero como tú, J.D. —añadió Jordan.

Jordan tenía razón. Yo podía comprar ahora mismo lo que quisiera; por ejemplo, videojuegos. Eso me gustaba. Pero algo no estaba bien. Ya no sentía que fuera el mejor nada. Además, Jordan no sabía lo aburrido que podían ser los sábados en Hart and Son y lo cansado que me sentía al final de mi turno. Tenía algo de dinero ahorrado, y no era como si no hubiera vivido sin dinero antes. Tal vez el verano era el momento adecuado para probar algo nuevo y pasar más tiempo con mis amigos.

Unas horas más tarde, cuando atardeció y todo el mundo se fue a casa, me retiré a mi cuarto. Tuve suerte porque mi hermana compartía un cuarto con Mamá, y mi hermano Justin prefería el cuarto de mis abuelos. Por lo general me dormía bastante rápido, pero esta noche mi mente no paraba de pensar. Sabía que quería unirme a Vanessa y que quería un descanso de Hart and Son. Pero ¿cómo lo tomaría Henry Jr.?

Cuando él amenazó con cerrar mi barbería el año pasado, me imaginé echando Gatorade azul en los recipientes que Henry Jr. usaba para desinfectar sus herramientas para el pelo.

Si le dijera que quiero renunciar, ¿usaría las tiras de protección para el cuello para atarme a su silla y que no pudiera irme?

Como no iba a dormirme pronto, saqué mis lápices de arte y una libreta. Dibujar era algo que hacía cuando estaba emocionado, nervioso, feliz, triste o enojado. Esta noche decidí pensar en cuál podría ser mi nombre en YouTube. Necesitaba algo pegajoso para que la gente entendiera lo que hago.

~~EL HOMBRE TIJERA~~
~~EL BARBERITO~~
~~J.D. EL ASOMBROSO BARBERITO~~
J.D. EL NIÑO BARBERO ✓

¡Ese era!

Quizás era hora de que el resto del mundo más allá de Meridian descubriera a J.D. el niño barbero.

# CAPÍTULO 3
# ¡Puf!

Todos los sábados por la mañana hacía mis tareas de la casa, veía algunos dibujos animados en la televisión y me iba a Hart and Son.

Mi familia me había enseñado a ser puntual siempre. Solo teníamos un auto, así que debíamos llevar la cuenta de toda la gente, trabajos, escuelas y actividades. Por lo que si alguien llegaba tarde, lo echaba todo a perder. Cuando iba a trabajar a Hart and Son, siempre llegaba cinco minutos antes del mediodía.

Henry Sr. y Henry Jr. eran los dueños de Hart and Son. Henry Sr. era un viejo alto y flaco, quizás más viejo que la Tierra. Siempre me recordaba a una hoja de pasto larga, con enormes anteojos cuadrados, un afro corto y arreglado y pantalones cargo ajustados con un cinturón. Él trabajaba temprano por la mañana y terminaba justo al mediodía para que yo pudiera usar su silla. Él recortaba mayormente a clientes adultos que conocía hacía muchos años. Henry Jr. era más bajito y gordito que su papá. Él me ofreció el trabajo cuando le gané la Gran batalla de barberos.

—¡Que tengas un buen día, J.D.! —me dijo Henry Sr. mientras me daba una palmadita en la cabeza cuando se dirigía hacia la puerta.

En la barbería, la gente hablaba MUCHÍSIMO de deportes. Meridian no tenía ningún equipo deportivo profesional. De hecho, no había ninguno en todo el estado de Mississippi. Así que la gente de la ciudad siempre apoyaba la opción más cercana. Como era verano, el tema de conversación más emocionante era el béisbol.

—¡Los Bravos están en primer lugar! —escuché decir al señor Thomas. Él es uno de los clientes habituales de Henry Jr.

—Eh, pero, de todos modos, nunca pasan de la primera ronda eliminatoria —contestó Henry Jr.—. Solo estoy esperando que mis Santos empiecen a ganar otra vez.

Yo había querido jugar béisbol infantil. Pero a

diferencia del fútbol americano, tenías que pagar por el equipo que usabas, y Mamá tenía un presupuesto apretado desde que nos mudamos con mis abuelos y ella volvió a estudiar de tiempo completo.

Henry Jr. estaba a cargo de mantener el negocio funcionando durante el día, hasta que cerraba a las siete. En un buen sábado, yo hacía alrededor de diez cortes de pelo, dependiendo de los estilos que pidieran los clientes. Un *fade* sencillo o un corte César costaba siete dólares y cincuenta centavos para los niños, y quince dólares para los adultos. Pero con más y más frecuencia los clientes querían estilos complicados con color, trenzas y diseños. Yo sabía rapar diseños y cobraba más por ellos. Mis diseños se verían súper en YouTube.

Mi último cliente del día era un muchacho que se llamaba Kelsey. Kelsey estaba a punto de comenzar high school. Sabía quién era porque él jugaba fútbol americano recreativamente. En Meridian había un montón de campos abiertos, y muchachos de todas las edades simplemente comenzaban a jugar fútbol americano espontáneamente. A mí me gustaba jugar contra muchachos mayores porque me ayudaba a mejorar.

—Hola, Kelsey, ¿qué hay? ¿Qué quieres que te haga hoy? —le pregunté.

—Quiero la guía número dos en toda la cabeza —me dijo mientras señalaba el póster con estilos de cortes de pelo numerados que estaba en la pared.

Kelsey tenía unos rizos enormes. Así que lo único que yo tenía que hacer era poner una guía número dos en la máquina recortadora y cortar en la dirección que caía su pelo.

Mientras sacudía el pelo de la capa de Kelsey, sabía que mi turno de trabajo terminaría pronto y que tendría que hablar con Henry Jr. Comencé a preguntarme si la decisión de irme era un error.

Una de las cosas que más me gustaba de trabajar en Hart and Son era que Henry Jr. no me trataba como a un niñito. Dejar eso sería difícil.

—Oye, J.D., ¿tendrás tiempo este verano para ir al campo de juego? —preguntó Kelsey, y así me sacó de mis pensamientos.

—Espero que sí, por lo menos cuando termine la Escuela Bíblica de Vacaciones la semana que viene. Pero mis sábados están un poco ocupados ahora que trabajo aquí —le dije.

—Ay, chico, lo siento mucho —contestó Kelsey.

—Eh, ¡no hay nada malo en ganar dinero! —dijo Henry Jr. luego de habernos estado escuchando—. J.D. le lleva la delantera a la mayoría de los niños de su edad.

Él se acercó y me dio una palmadita en el hombro.

—J.D., eres mi primer y mejor empleado —comentó Henry Jr. mientras Kelsey tomaba su mochila y se preparaba para irse—. Todos estos años éramos solo mi papá y yo. Muchos de mis amigos dueños de barberías en otras ciudades me han contado historias de horror sobre cómo contratan gente que desaparece, ¡puf!, de un fin de semana para otro.

Pensé en lo que tenía que decirle a Henry Jr. hoy. Pronto yo sería uno de esos ¡puf! para él.

—Así es —dijo el señor Thomas—. ¡En estos días es difícil encontrar buenos empleados!

De pronto comenzó a dolerme el estómago.

—Con las nuevas aplicaciones y los sitios web

y esas cosas es como si cualquier barbero pudiera promocionarse sin tener que trabajar en una barbería —dijo Henry Jr.

Sentí un nudo en mi garganta. ¿Acaso Henry Jr. podía leer mi mente?

Me había olvidado de Kelsey y de pronto escuché que caía una peseta en mi frasco de propinas.

—Gracias por el corte —dijo Kelsey—. Tal vez te vea durante el verano en el campo de juego, ¡o tal vez no!

Mientras Henry Jr. terminaba con el señor Thomas, yo limpié mi área de trabajo. «Puedo hacerlo», pensé.

Después que Henry Jr. cerró la puerta, comenzó a contar su dinero y me dijo:

—J.D., parece que tienes algo en tu mente. Normalmente hablas más cuando estás trabajando.

—Sí, señor —le dije.

—Bueno, ¿qué es?

Vacié mi frasco de propinas y puse en mi bolsillo las ganancias del día.

—Déjame adivinar —comenzó—. Apuesto que quieres pasar tiempo con tus amigos este verano, ¿no? Recuerdo que me pasaba lo mismo cuando yo era chico.

¡Quizás Henry Jr. SÍ podía leer mi mente!

—Sí, algo así —respondí.

Entonces Henry Jr. comenzó a contarme lo divertido que eran los veranos en Meridian cuando él era niño. Pasaban los días cazando, pescando y buscando charcas para nadar.

—Si quieres tomarte el verano para jugar con tus amigos, lo entenderé —me dijo.

—¿Está seguro? —le pregunté—. No quiero simplemente hacer ¡puf! y desaparecer.

Henry Jr. dejó de barrer el pelo que había alrededor de su silla y me miró a los ojos.

—Aquí siempre habrá una silla para ti si quieres regresar en el otoño —me dijo.

—¡Gracias, Henry Jr.! —le dije—. Aprendo mucho de usted. Usted es un barbero increíble y de lo más cool. —De pronto algo me preocupó y, tras una pausa, comenté—: Pero ¿cree que va a poder ganar suficiente dinero?

—Jovencito, la barbería ha estado aquí por más de cincuenta años y tú nos has ayudado a traer más clientes —contestó Henry Jr. riéndose—. Vete y disfruta tu verano.

Y así sin más, mi calendario se había despejado. Era tiempo de probar una nueva aventura.

## CAPÍTULO 4
### *Kidz Cutz and Nailz*

El final oficial de las clases marcó el comienzo de la Evans Summer School, que incluía una semana completa de Escuela Bíblica de Vacaciones.

Aunque nuestros horarios cambiaban durante los meses de verano, aún desayunábamos juntos todos los días. Los desayunos de mi abuela eran mis favoritos, especialmente sus huevos y pan tostado, harina de maíz y tocino. Siempre había una jarra de café para ella y el abuelo.

Después, todos comenzábamos nuestras rutinas. Abuelo dejaba a Mamá en la oficina del alcalde, Justin iba al centro de recreación con Abuela, y Abuelo regresaba rápido a la casa para que alguien estuviera con nosotros mientras hacíamos nuestras tareas semanales. Él no salía a trabajar —vendiendo seguros de entierro por la ciudad— hasta la media tarde. Había sido el gerente de una tienda JCPenney, pero cuando sufrió un ataque al corazón, cambió de carrera.

«¿Todos vamos a morir, cierto?» decía cuando alguien le preguntaba sobre su trabajo.

Cuando el abuelo estaba a cargo de nosotros, siempre trataba de emboscarnos para ver si nos sorprendía lejos de nuestros libros. Se escondía detrás de una pared y salía con preguntas sobre cualquier tema que estuviéramos estudiando.

—¡Eh, muchachos! A ver... ¿cuál es la respuesta a la pregunta cuatro en la página veinte de su libro de estudios sociales? ¿Saben? ¡Tienen diez segundos para responder o no hay helado después de la cena! —dijo Abuelo aquella mañana con una sonrisa en el rostro.

Vanessa y yo estábamos en la mesa de la cocina repasando algunos datos sobre Mississippi. Todavía no le había dicho que había dejado el trabajo en la barbería de Henry Jr. por el verano y, que en lugar de eso, quería aprender a hacer videos de YouTube con ella. Pero primero, uno de nosotros tenía que contestar la pregunta del abuelo.

—Abuelo, la respuesta es el ruiseñor. Ese es el

pájaro del estado —dije mientras él contaba de regreso hasta uno.

—Excelente trabajo, muchachos. Los dos se ganaron una bolita extra de helado esta noche —dijo antes de regresar a la sala para terminar de ver el noticiario local.

—Ok, Vanessa —dije—. Hablemos de YouTube.

Vanessa ni siquiera levantó la vista del cuaderno casero que nos había hecho el abuelo.

Me di cuenta de que tenía un maletín con ella. Se veía exactamente como el que Mamá recibió de regalo cuando comenzó su nuevo trabajo.

—¿De dónde salió eso? —le pregunté.

—Abuelo lo compró en una venta especial en JCPenney. La tienda va a cerrar porque está en quiebra, así que estaba barato —me dijo.

Primero me copió arreglando pelo, ¿y ahora le estaba copiando a Mamá? ¡Apuesto a que mañana va a vestirse con un traje completo!

—No me habías dicho nada sobre YouTube hasta ahora —continuó—. Y como no me habías dado una respuesta, empecé sin ti.

—Espera, ¿qué? —dije.

Quizás no debí haberme ido tan pronto de Hart and Son.

—Más tarde te lo enseño en la computadora —me dijo.

Cuando terminamos aquel día, le dimos nuestros cuadernos al abuelo y él verificó nuestras respuestas.

—Listo, ambos hicieron buen trabajo. Pueden salir a jugar —nos dijo.

—¿Podemos mejor usar la computadora? —le pregunté—. Vanessa me va a enseñar algo.

Abuelo suspiró.

—¡Sabía que esa cosa acabaría con su deseo de salir de la casa! Pueden usarla por exactamente una hora —nos dijo.

Vanessa entró directamente a YouTube para enseñarme el video que dijo que había subido. El video se llamaba «DOS TRENZAS COSIDAS EN ZIGZAG Y EL MEJOR ESMALTE DE UÑAS QUE EL DINERO PUEDE COMPRAR». Vi que la fecha era del sábado pasado, ¡así que Vanessa lo había filmado cuando yo estaba fuera de la casa trabajando en Hart and Son! Ella sabía que no debía entrar en mi cuarto sin que yo estuviera allí. Pensé en decirle que el título de su video era demasiado largo.

Presionó play y la primera voz que oí fue la de ella.

**VANESSA:** Hola, bienvenidos a *Kidz Cutz and Nailz*.

**VANESSA:** ¡Me llamo Vanessa y yo arreglo pelo! Todavía no me conoces, pero pronto estaré en todo el Internet. ¡Ya verás!

**JESSYKA:** Y mi nombre es Jessyka. ¡Yo arreglo

uñas! Y manejo la cámara. Y edito. Y juego fútbol americano infantil. Y soy atleta. Y practico tae kwon do.

**VANESSA:** ¡Jessyka!

**JESSYKA:** ¿Qué? ¡Hago un montón de cosas!

**VANESSA:** En fin, ella es nuestra modelo, Lisa. ¡Saluda, Lisa!

**[Lisa saluda con la mano]**

**VANESSA:** Bueno, si quieres un look adorable para el fin de semana —con el pelo arreglado a la moda y las uñas con un diseño único— querrás guardar este video.

**VANESSA:** Hoy te enseñaremos cómo hacer dos trenzas largas cosidas en zigzag con juego de bolitas idénticas en las puntas. Después probaremos el mejor esmalte de uñas disponible en tiendas.

Luego el video pasó a una introducción musical. Vanessa cantó la primera parte. Ella era una excelente cantante. Mucho mejor que yo cuando a veces cantaba en el coro de la iglesia. Me pregunté qué más desconocía sobre mi hermana. En los dos años que vivió antes que yo naciera, ¿qué hizo? Al principio estaba sola, sin Justin y sin mí. Podía imaginarme una casa con solo tres personas: ella, mi papá y Mamá. ¿Sería posible que también haya jugado baloncesto con un aro de bebé o haya dibujado todo el tiempo?

Vanessa narró el resto del video, y el trabajo de Jessyka como camarógrafa era genial. Mostraba la parte de atrás del pelo de Lisa mientras Vanessa terminaba de arreglárselo. La toma final era una secuencia de las tres chicas: Jessyka pintándole las uñas a Lisa mientras que Vanessa le arreglaba el pelo. Tenía que admitir que se veía supercool. Vanessa había mejorado mucho haciendo trenzas. Durante el verano, ella se había hecho trenzas cosidas en la parte del frente de su pelo y el resto se lo dejaba alborotado, estilo puff.

**VANESSA:** ¡Y así es como se hace!

**VANESSA:** Nos vemos la próxima semana. Vamos a compartir contigo nuevas técnicas y nuevos consejos.

**JESSYKA:** Recuerda, ¡en este salón todo es AL NATURAL!

**VANESSA:** Si te gustó este video, déjanoslo saber activando tus notificaciones y haciendo clic en el botón de subscripción en la parte de abajo. [Vanessa apunta hacia abajo para que se alinee con el botón de like de YouTube.]

**VANESSA Y JESSYKA:** ¡Adióóós!

Jessyka era buena con YouTube. Estaba seguro de que había sido su idea grabarse a sí misma tirando a la basura una botella barata de esmalte de uñas antes de hacer zoom a los esmaltes buenos.

—¿Qué hacemos con lo que NO SIRVE? —Jessyka preguntó en el video—. ¡Lo tiramos a la BASURA!

Vanessa también era buena. Incluso Lisa, que simplemente estaba sentada allí como un maniquí. Tuvo que haber sido difícil mantenerse quieta por tanto tiempo. Por eso me asustaba un poco arreglarles el pelo a las chicas.

Parte de mí todavía tenía coraje porque Vanessa había usado el nombre de mi barbería y solo le había añadido «y uñas». ¡Ella me seguía copiando! ¡Y las chicas también habían usado mi cuarto, mi capa, mis productos para el pelo y mi silla de barbero!

Pero, más que nada, estaba impresionado.

Habían añadido un montón de hasthags bajo el video: #YouTubeKids #KidzCutz #HairSalon #KidsHair #KidsNails #KidStylist #KidNailTech #NailPolish #HairGel #JrMasterBarber #Kids Hairstyles #Hairstylist #KidHairstylist #Natural Hairstyles #GirlsRuleBoysDrool. Sabían que los hashtags ayudaban a la gente a encontrar videos.

Estaba listo para unirme a ellas hasta que vi cuántas personas habían visto el video.

—Vanessa, el video está genial, pero solo ha sido visto cincuenta y tres veces —le dije. Eso era muy diferente a lo que habían logrado los videos que me había mostrado en la fiesta de Mamá. —¿Quieres que deje de trabajar en la barbería de Henry Jr. solo para que puedas usar mis cosas, y ni siquiera alguien verá estos videos?

—Cálmate, J.D. —dijo ella—. Conseguiré que más personas vean los videos. ¡No te preocupes!

Vanessa sacó de su maletín unas brillantes gafas

de sol doradas y se las puso a pesar de que estábamos dentro de la casa.

—¿Estás dentro o fuera?

Ya estaba convencido; simplemente no se lo había dicho. Así que finalmente lo hice.

—Estoy dentro.

Vanessa sonrió ampliamente. No sé qué esperaba. ¿Tal vez que cayeran al suelo confeti y globos tan pronto como dijera «estoy dentro»? En cambio, Vanessa me contó algunos detalles que había dejado fuera de su presentación.

—Muy bien. ¡Estos videos garantizarán que me acepten en el programa Junior Business Scholars en sexto grado el próximo año!

—¿Qué es Junior Business Scholars? —pregunté.

Vanessa buscó en su maletín, sacó un papel y me lo entregó.

Lo leí en silencio.

## ¡CONVOCATORIA PARA FUTUROS LÍDERES EMPRESARIALES!

El programa inaugural Junior Business Scholars de Marigold Middle School es para estudiantes de sexto grado interesados en comenzar un negocio o aprender sobre iniciativas empresariales. Durante el semestre de otoño, líderes de negocios locales serán mentores de un grupo de diez estudiantes. Los estudiantes aprenderán cómo convertir sus ideas en un plan de negocios, cómo promoverlo y cómo evaluar las ganancias y las pérdidas. Para solicitar, los estudiantes deberán presentar una idea para un negocio nuevo que incluya al menos un empleado. Somete tu propuesta antes del 1 de julio al director Yip, en marigoldprincipal@meridian.edu Solo se aceptarán diez estudiantes por semestre.

—Entonces, ¿tu idea de negocio es abrir un salón de belleza para niñas igual que mi barbería? —pregunté.

Vanessa arrugó la cara.

—No, no exactamente. Me convertiré en una *influencer* de peinados. La gente verá mis videos

y copiará mis estilos de peinados. Todo en línea
—ella dijo.

Nos quedamos en silencio durante un minuto.
Finalmente, Vanessa se quitó las gafas de sol y me
miró a los ojos.

—Mamá tiene un trabajo, Abuelo tiene su propio
negocio, Abuela da clases de cerámica y tú también trabajas —me dijo—. Soy la única que no tiene
trabajo. Justin no cuenta.

—Pero ¿cómo puedes ganar dinero con eso? —le
pregunté.

—¿Crees que todos esos chicos que te mostré en
YouTube durante la fiesta están trabajando gratis?
¡Cuando la gente ve sus videos, ellos ganan dinero!
Juntos, hermanito, vamos a ser ricos y famosos, y
ayudaremos a la gente en todo el mundo a sentirse
bien con su pelo.

Me sentí un poco engañado. Vanessa necesitaba hacer esto para la escuela.

Pero si algo sabía yo sobre Vanessa era que
lograba todo lo que se proponía. Fuera para la
escuela o no, lo llevaría lejos. Especialmente si tra-
bajábamos juntos.

## CAPÍTULO 5
# La Escuela Bíblica de Vacaciones

—No puedo esperar para mostrarles las nuevas actividades que hemos planeado este año —nos dijo Abuela sobre la Escuela Bíblica de Vacaciones. Ella era una de las instructoras. Incluso se tomó tiempo libre del centro de recreación para dedicarse a enseñar a los niños sobre la Biblia. En mi opinión, Abuela sabía más de la Biblia que hasta el mismo pastor Harris.

La Escuela Bíblica de Vacaciones estaba en nuestra iglesia local, Won't He Do It Missionary Baptist Church. Creo que la única razón por la que se llamaba escuela bíblica de «vacaciones» era porque la ofrecían durante el verano. Pero era casi lo mismo que el estudio bíblico que teníamos durante el año escolar. Desayunábamos, luego nos dividían en grupos por edad y recibíamos una lección sobre el Nuevo Testamento o el

Antiguo Testamento. Teníamos un breve recreo, el almuerzo y luego más lecciones sobre la Biblia.

Y este año, Vanessa y yo estábamos en la misma clase.

Ninguno de mis amigos del equipo de fútbol infantil, como Jordan, Xavier, Eddie o Jessyka, tenían que asistir a la Escuela Bíblica de Vacaciones. Esto quería decir mucho tiempo con Vanessa para mí.

—¿Alguien sabe la diferencia entre Juan el Bautista y Juan, el apóstol? —preguntó la señora Smith.

La señora Smith trabajaba en la biblioteca local. Me hubiera gustado que asignaran a la abuela y al abuelo en mi grupo, pero creo que se apuntaron para enseñar a otros niños a propósito.

—Una vez que termine la Escuela Bíblica de Vacaciones, en una semana, tendremos más tiempo disponible —susurró Vanessa mientras se inclinaba hacia mí—. Y podremos trabajar en nuestros videos.

—Lo sé —dije— y he estado pensando en cómo mejorarlos. Necesitamos nombres nuevos y pegajosos. Mi nombre será J.D., el niño barbero. Y tú no puedes ser simplemente Vanessa. Es aburrido.

Vanessa arrugó su nariz cuando se lo dije.

—TU nombre es aburrido —me dijo en voz baja.

Pero más tarde, cuando se suponía que estábamos contestando preguntas en nuestros cuadernos, noté que ella estaba escribiendo nombres nuevos en todas las páginas.

En el recreo, después que Vanessa terminó su turno en el salto de doble soga, corrió hacia mí y me dijo:

—¿Qué tal Vanessa, la niña estilista? Combina con tu nombre y tiene sentido porque somos hermano y hermana.

—¡NO! —le dije—. No puedes copiarme.

—Está bien —ella respondió—. De todos modos esa era mi segunda opción. ¿Qué te parece Vanessa, la chica hacelotodo?

—Ese sí suena bien —le dije.


Muchos niños se quedaban en la iglesia algunas horas después que terminara la clase si es que sus padres no podían recogerlos inmediatamente. Vanessa y yo nos quedábamos hasta tarde porque Abuela era una de las cuidadoras, mientras que Abuelo tenía que traer a Justin aquí de con la niñera, recoger a Mamá, y luego se iba a hacer sus visitas para vender los seguros de entierro.

Nos gustaba quedarnos con los niños más pequeños. En el sótano de la iglesia había muchísimo espacio para jugar a las escondidas. Y también en el santuario, donde Vanessa me mostró el equipo de video que el pastor Harris usaba para filmar sus sermones.

—¡Apuesto que podríamos filmar excelentes videos con esa cámara, J.D.!

Parecía que ya estaba decidida. Vanessa buscó en la bolsita que traía consigo y sacó algo que ella dijo llamarse una tarjeta SD.

—Jessyka me dio esto porque no tengo teléfono —dijo—. La última vez que estuve en su casa, me mostró cómo sus papás la ponían en su cámara antes de apretar el botón para grabar. Está vacía, y ella me dijo que me quedara con la tarjeta para que yo estuviera lista en caso de que alguna vez tuviera una cámara.

Nos detuvimos cuando oímos unos resoplidos

que venían de una esquina. Una niñita llamada Kay Kay estaba sentada sola con el pelo desarreglado.

—¿Necesitas ayuda? —le pregunté.

Kay Kay nos dijo que se le había caído una de sus hebillas mientras jugaba y que no la encontraba. Tenía forma de abejitas.

—Mis abejitas se fueron volando —dijo con sus hombros caídos.

—¡Puedo arreglarte el pelo! —dijo Vanessa.

—¡Pero mi hebilla se PERDIÓ!

—Espera —le dijo Vanessa—. Déjame buscar a mis hermanos.

Vanessa me pidió que fuera a buscar a Justin, que estaba jugando *tag*. Necesitábamos que nos ayudara.

—J.D., voy a arreglarle el pelo a Kay Kay y quiero que lo grabes —dijo—. Solo necesito quince minutos en el santuario con esa cámara. Justin puede ser nuestro vigilante.

Yo estaba sorprendido. ¿Acaso eso no era mentir? Sin duda era hacer algo a escondidas.

—¿Es en serio, Vanessa?

—No seas tan miedoso, J.D. —dijo—. Confía en mí.

Se acercó a la abuela, como quien no quiere la cosa y como si no estuviera a punto de decir una gran mentira. ¡En la iglesia!

—Abuela —ella dijo—. Justin, J.D., Kay Kay y yo vamos a jugar afuera un rato.

Durante el horario extendido, la mitad de los niños se quedaba adentro y jugaban *tag* o juegos de mesa, mientras que la otra mitad salía al patio detrás de la iglesia para jugar fútbol americano o saltar la soga doble.

—Está bien —nos dijo la abuela—. Saldré a buscarlos cuando el abuelo haya regresado con su mamá.

Vanessa asintió y miró en dirección a las escaleras. Era su forma de decirme que fuera al santuario mientras ellos tres salían al patio. Entendí que mi trabajo sería abrir la puerta desde adentro cuando ellos tres caminaran a la entrada de la iglesia y tocaran la puerta. Oí cuando Vanessa tocó la puerta y le abrí. Ella estaba cargando a Justin en sus brazos.

—Justin, voy a darte un trabajo —dijo Vanessa.

—¡Está bien! —Justin asintió.

A él le gustaba cuando lo incluíamos. Además,

era un gran ayudante. Fue mi primer cliente y barbero asistente.

—Kay Kay y yo vamos a ir al santuario con J.D. Necesito que te pares en esta silla y mires por la ventana. Si ves que alguien viene, grita «¡amén!».

Vanessa jaló una silla, le dio a Justin un juguete del Hombre Araña que tenía en su bolso y paró a Justin en la silla.

¡Esto me estaba asustando!

—¿Crees que puedes recordar lo que te dije? —ella le preguntó.

—¡Creo que sí! —contestó Justin.

—Muy bien —dijo Vanessa—. Kay Kay y yo estaremos justo detrás de ti.

Mi corazón estaba latiendo un poco fuerte. No le permitían a nadie estar en el santuario durante la Escuela Bíblica de Vacaciones, ni siquiera a los maestros. Querían que el lugar se mantuviera limpio y organizado para el servicio dominical.

Vanessa se movía como alguien que sabía lo que estaba haciendo. Ella siempre era así.

Se acercó a la cámara que estaba detrás del último banco del lado derecho del santuario. Sacó la tarjeta SD que estaba dentro de la cámara y la reemplazó con la de Jessyka.

—Kay Kay, ven y siéntate en este banquillo y te arreglaré el pelo —dijo—. J.D., asegúrate de que me vea en la pantalla y presiona el botón de grabar.

¿Era esto realmente un proyecto para la escuela con el que Vanessa necesitaba ayuda, o era solo una excusa para darme órdenes todo el verano? ¿Cómo iba a hacerme famoso parado detrás de la cámara en lugar de estar delante de ella?

Me acerqué a la cámara y miré la pantalla para asegurarme de que Vanessa y Kay Kay se vieran en ella. Cuando presioné el botón de grabar y apunté la cámara hacia Vanessa, ella entró en acción de inmediato.

**VANESSA:** ¡Hola de nuevo! Soy Vanessa, la chica hacelotodo.

**VANESSA:** ¿Has tenido alguna vez una emergencia con tu pelo? A mi amiguita se le perdió su hebilla, pero voy a enseñarles a ella y a ti cómo convertir una emergencia de pelo en un buen día de pelo.

»»«««

Vanessa sacó un peine y comenzó a trabajar. Dividió el pelo de Kay Kay y le hizo dos trenzas iguales en la parte posterior de la cabeza. Luego, tomó una de las ligas elásticas que sostenían las trenzas twists desenredadas de Kay Kay y le amarró todo el pelo en un moño esponjado, estilo puff, y lleno de vida.

**VANESSA:** ¡Ta-tan! Este es el microvideo de hoy. ¡Esta emergencia se acabó!
**VANESSA:** ¡Adióóóóós!

Tomé la despedida como una señal para apagar la cámara. Vanessa se acercó para sacar su tarjeta SD y poner de vuelta la del pastor.

—Kay Kay, ¿te gusta tu pelo? —Vanessa preguntó mientras sacaba un miniespejo de su bolso.

Parecía que tenía toda una minitienda de productos de belleza en aquel bolso.

Kay Kay asintió felizmente.

—Bien —dijo Vanessa en voz baja—. Ahora vámonos antes que la abuela venga a buscarnos.

¡Qué bueno que había terminado! Justin ya ni

siquiera estaba mirando por la ventana.

Estaba simplemente sentado en la silla disparando telarañas falsas de su muñeca. ¡Vaya vigilante!

Ya afuera, Vanessa y Kay Kay comenzaron a saltar la soga doble como si nada hubiera pasado y yo me quedé con Justin.

Teníamos otro video. ¡Pero yo ni siquiera estaba en él!

# CAPÍTULO 6
## El cuarto de edición

No filmamos otro video hasta después que terminó la Escuela Bíblica de Vacaciones una semana después. Le había dicho a Vanessa que pensaba que era muy arriesgado.

—¡Eres un tremendo miedoso! —me dijo.

¡Pero no era así! El verano anterior me pillaron escabulléndome a la casa de Jordan durante el recreo y tuve que copiar páginas de una enciclopedia durante dos semanas. El abuelo tenía toda una colección de ellas, y ese era su castigo favorito. No me gustó porque me dolía la mano, pero aprendí algunos datos interesantes.

Volvimos a nuestra rutina regular de tareas por la mañana antes de jugar con nuestros amigos. Abuela regresó al centro de recreación a dar clases de arte y se llevaba a Justin con ella casi todos los días. Abuelo se quedaba en casa con nosotros hasta por ahí de las tres.

Aunque pasábamos mucho tiempo juntos, nunca me dejaba cortarle el pelo, a pesar de lo mucho que había mejorado como barbero.

—Justin y Mamá son clientes satisfechos —le dije—. ¿Puedo cortarte el tuyo, Abuelo?

—El barbero de un hombre es sagrado, J.D., y ya tengo uno.

El abuelo manejaba a las afueras de Meridian cada cuatro o seis semanas para cortarse el pelo. Era una barbería pequeña, con un solo barbero. Una vez, cuando me llevó, ¡tuve que esperar con él todo el día! Nunca más le pedí volver a acompañarlo. Era obvio que el abuelo era buen amigo del señor y le gustaba ir para ponerse al día con él. Así me sentía yo cuando mis amigos estaban en mi silla.

Cuando terminamos nuestras lecciones, le preguntamos al abuelo si podía llevarnos a casa de Jessyka.

—¿Les preguntaron a los papás de ella?

—¡SÍ! —gritamos los dos.

Por lo general, Jessyka se peinaba con trenzas twists de cola de caballo durante el año escolar. Pero en el verano llevaba trencitas adornadas con cuentas en las puntas.

—Ahora solo tengo que arreglarme el pelo cada dos semanas —nos dijo.

Pensé que se veía muy bien. Pero cuando me dijo que se había tardado seis horas haciéndolo, pensé, «mejor sigo haciendo estilos cortos».

—Adivina lo que hicimos, Jessyka —dijo Vanessa mientras sostenía la tarjeta SD. Filmamos un video de peinados en la iglesia.

—¿Qué? —contestó Jessyka—. ¿Cómo lo hicieron sin que los atraparan?

Vanessa explicó toda la historia. Empecé a sudar otra vez con solo escucharla.

Jessyka nos llevó al sótano, donde su familia guardaba la computadora y el equipo de video.

—¿Cómo sabes usar todo esto, Jessyka? —le pregunté.

—Algunas de las chicas en mi club de programación me enseñaron —respondió.

—Dios mío, ¿cómo tienes tiempo para hacer tantas cosas? —pregunté.

Jessyka suspiró como si se estuviera preguntando lo mismo.

—Mis padres preparan un calendario mensual con diferentes colores para cada actividad en el día —dijo—. Parece un arcoíris.

De repente me alegré de que solo tuviera que cortar pelo, jugar fútbol y hacer mis tareas escolares. Así todavía me sobraba tiempo para dibujar. Estas eran cosas que me gustaba hacer de todos modos.

—Mis papás quieren que lo intente todo —agregó Jessyka—. Pero solo me gusta hacer algunas cosas, como esta.

Observé mientras metía la tarjeta SD en una de las computadoras. Unos segundos después, nuestro video comenzó.

Se oía mucho eco y estaba bastante oscuro.

La iluminación no era como la del servicio dominical, y pensé que el espacio se prestaba más para cantar que para hablar.

—No podemos hacer mucho para arreglar esto

—dijo Jessyka—. No creo que podamos usarlo.

Vanessa parecía decepcionada. Yo me sentí aliviado.

—Vanessa, alguien de la iglesia lo hubiera visto y entonces todo el mundo se daría cuenta de que estuvimos en el santuario —le dije—. Mejor grabemos otros videos en lugares normales.

Mi hermana se encogió de hombros.

—Déjenme enseñarles algo en lo que he estado trabajando —dijo Jessyka. ¡Y nos mostró un brillante logotipo dorado que decía KIDZ CUTZ AND NAILZ!

—Esto puede ser parte de nuestra introducción —dijo—. ¿Qué les parece?

Vanessa y yo nos miramos, sorprendidos.

—¡Quizás «sí» podamos convertir esto en algo grande! —dije.

—¿Quizás —respondió Vanessa—. Olvídate de ESO. ¡Esto YA es algo grande!

—Jessyka, ¿crees que puedas trabajar con nosotros en esta idea? —preguntó Vanessa.

—Bueno, eso espero. Mi papá me matriculó en un campamento de tenis en el verano, pero realmente no quiero ir —nos dijo—. Prefiero practicar añadir efectos especiales a videos.

Jessyka parecía más feliz en este sótano de lo que nunca la había visto.

—Bueno, ¡dile a tu papá que es para la escuela! —dijo Vanessa—. No es realmente una mentira. Quiero enviar estos videos al programa Junior Business Scholars. La fecha de entrega es en un mes.

Claramente necesitábamos la ayuda de Jessyka.

El video que hicimos nosotros se veía terrible. ¡Nadie lo hubiera visto! Además, sabía que crear videos hacía feliz a Jessyka. Esperaba que ella pudiera hacerlo. Pero si no, necesitábamos un plan B.

# CAPÍTULO 7
## ¡Luces, cámara, acción!

El lunes interrumpí nuestra lección sobre el pájaro, la flor y el animal del estado de Mississippi y sobre la historia de la región del Delta de Mississippi para hablar con Vanessa sobre una idea para nuestro próximo video.

—¿Qué piensas de esto? —pregunté.

Le pasé un papel en el cual había escrito un guion corto. La última vez que me permitieron usar la computadora busqué consejos para convertirme en un buen *youtuber*, y una de las sugerencias principales era escribir lo que quieres filmar antes de empezar. Incluso encontré una plantilla que me mostraba cómo hacerlo.

Si quería estar frente a la cámara, no podía esperar el permiso de mi hermana mayor. Tenía que incluirme yo mismo en el guion.

# J.D. EL NIÑO BARBERO
## CORTA UN *HI-TOP FADE* CON UNA REGLA
### GUION POR J.D. JONES

| AUDIO | VIDEO |
|---|---|
| ¡Hola a todos! ¿Cuál de mis amigos ganará un corte de pelo gratis hoy? | EDDIE, JORDAN Y XAVIER ponen sus nombres en una gorra. Sacamos uno y el ganador recibe un corte de pelo especial de J.D., el niño barbero. |
| Oh, mira, es (el nombre del amigo que se saque de la gorra).<br><br>¡Siéntate y echemos un vistazo a lo que puede hacer J.D., el niño barbero!<br><br>¡Dile al público lo que quieres, bro! | J.D. sienta al «ganador» en una silla de barbero. Le da tres vueltas y le pone papel higiénico alrededor del cuello y una sábana sobre la ropa. |
| Un *hi-top fade* parece difícil, pero son solo tres pasos.<br>1) Toma el pelo y extiéndelo hacia arriba lo más que te sea posible.<br>2) Toma tus tijeras de barbero y corta hasta emparejar todo el pelo.<br>3) Corta los lados con un estilo *fade* y crea un *edge*. | J.D. toma el pelo del «ganador» y lo seca con la secadora de pelo. Luego comienza a darle forma al *hi-top* con una recortadora. |

| | |
|---|---|
| Luego, tengo mi truco especial: ¡una regla! | |
| Y para el crédito extra, ¡puedes rapar un diseño! Comienza con líneas y medias lunas, y pronto podrás rapar los personajes de Marvel o cualquier otra cosa que quieras | J.D. comienza a trazar un diseño con su bordeadora de pelo. |
| ¡Listo! | J.D. pinta el diseño con un lápiz de color. |
| ¡Así se despide J.D., el niño barbero! | Todo el mundo comienza a brincar y felicitar a J.D. por un trabajo bien hecho. |
| | FIN. |

Vanessa leyó silenciosamente el guion, luego se volvió hacia mí y puso cara.

—¿Dónde está mi parte? —preguntó.

—¡Bueno, en el video que filmaste en la iglesia solo estabas tú! —le dije.

—¡No teníamos opción en la iglesia porque solamente tú podías ser el director! Tendremos ayuda adicional para que ambos podamos estar en el próximo. El propósito de hacer estos videos juntos es conseguir que los niños y las niñas vean nuestro canal —me explicó.

Todavía no estaba seguro de cómo podríamos hacer un buen video los dos juntos. ¿No sería muy largo?

—¿Qué tal si alternamos videos? Una semana eres tú y una semana soy yo.

Ella no parecía convencida, y yo sabía que tenía que pensar rápido en otra opción.

—Recuerda, dejé mi trabajo en Hart and Son por esto. Si nadie empieza a ver nuestro canal, voy a regresar al trabajo. No quiero atrasarme frente a mis amigos con las colecciones de cómics.

Crucé los brazos al final para enfatizar.

Vanessa suspiró.

—Está bien —dijo—. Mi primer video con Jessyka y Lisa ya está publicado, y esta semana añadiremos tu idea. ¡Pero no olvides quién empezó todo esto del canal en YouTube!

—¡Y tú no olvides que me copiaste toda esta idea de los peinados! ¡Yo gané la Gran batalla de barberos!

—¡Yo siempre me he arreglado el pelo! —dijo—. ¡Aun antes que nacieras!

Estábamos hablando bastante alto y el abuelo

nos pidió que hiciéramos silencio desde la otra habitación.

—¡Listo, muchachos, parece que necesitan una prueba sorpresa!

Ni siquiera tuve tiempo de descifrar cómo se acercó por detrás tan sigilosamente antes que nos preguntara:

—¿Cuál es la flor y el animal del estado? En ese orden, por favor, J.D.

Respiré hondo. ¡Había pasado toda la mañana escribiendo mi guion!

—La flor del estado es . . . la magnolia. El animal del estado es el . . . búho.

Vanessa se encogió.

—No, J.D., el animal del estado es el venado de cola blanca —dijo el abuelo—. Ahora bien, ¿qué está pasando aquí que te hizo fallar una pregunta tan fácil?

Vanessa y yo nos quedamos callados.

—Mañana te quedarás en casa una hora extra estudiando con fichas caseras —dijo el abuelo. Y regresó a la sala, probablemente para continuar viendo sus telenovelas.

—Te lo mereces, J.D. —comentó Vanessa.

—No me importa —respondí—. ¿Quieres reunir a todo el mundo para grabar este video o no? Veamos cuál de los videos la gente ve más.

Cerramos el trato con un apretón de manos.

Más tarde, reunimos a nuestros amigos en el porche trasero y les explicamos nuestra idea para el video.

—¿Eh? —dijo Eddie—. Pensé que me habían pedido que viniera para practicar algunas jugadas.

Eddie pasaba la mayor parte de su tiempo libre jugando fútbol americano.

—Si aprendes a hacer videos, tal vez puedas subir tus mejores jugadas de fútbol —le dije.

Con eso en mente, Eddie accedió.

—Me estoy perdiendo Minecraft por culpa de esto —comentó Jordan.

Jugar Minecraft era la nueva actividad favorita de Jordan.

—Jordan, siempre has dicho que quieres aprender a hacer tus propias películas. Este puede ser tu comienzo como director o productor. Xavier y yo seremos tus actores —le dije.

Conocía a mi amigo y sabía que esto lo entusiasmaría.

—Aquí está el guion que escribí esta mañana—. Le entregué el papel.

Jessyka no solo tenía un soporte para su iPhone, también tenía accesorios para el sonido y podía inclinar la cámara en el ángulo que quisiera. La luz natural del día hizo que el video se viera muy claro.

Arreglé mi silla de barbero y le pedí a Xavier que se sentara.

—Oye, J.D., creo que deberías hacer algunos cambios en tu guion —dijo Jordan.

Me preguntaba si Jordan estaba tratando de hacerme pasar un mal rato. Él había sido una de las principales razones por las que empecé a cortarme el pelo. Cuando mi mamá trató de hacerme un *fade* y arruinó el nacimiento de mi pelo, él hizo muchísimos chistes sobre eso.

—Mira lo que hice.

Jordan me devolvió el papel con notas y algunas líneas tachadas.

| AUDIO | VIDEO |
|---|---|
| ¡Hola a todos! ¿Cuál de mis amigos ganará un corte de pelo gratis hoy? | EDDIE, ~~JORDAN~~ (yo estoy detrás de la cámara) Y XAVIER esperan a que J.D. saque *uno de los nombres de una gorra.* El ganador recibe un corte de pelo especial de J.D., el niño barbero. |
| Oh, mira, ~~es (el nombre del amigo que se saque de la gorra).~~ *XAVIER. (Él tiene que ganar porque es el único que tiene suficiente pelo. Solo dile que actúe sorprendido.)* | J.D. sienta al «ganador» en una silla de barbero. Le da tres vueltas y le pone un pedazo de papel higiénico alrededor del cuello y una sábana sobre la ropa. |

| | |
|---|---|
| ¡Siéntate y echemos un vistazo a lo que puede hacer J.D., el niño barbero!<br><br>¡Dile al público lo que quieres, bro! | |
| Un *hi-top fade* parece difícil, pero son solo tres pasos.<br>1) Toma el pelo y extiéndelo hacia arriba lo más que te sea posible.<br>2) Toma tus tijeras de barbero y corta hasta emparejar todo el pelo.<br>3) Corta los lados con un estilo *fade* y crea un *edge*. | J.D. toma el pelo ~~del ganador~~ de *Xavier* y lo seca con la secadora de pelo. Luego comienza a darle forma al *hi-top* con una recortadora. |
| Y para el crédito extra, ¡puedes rapar un diseño! Comienza con líneas y medias lunas, y pronto podrás trazar los personajes de Marvel o cualquier otra cosa que quieras | J.D. comienza a trazar un diseño con su bordeadora de pelo. |
| ¡Terminé! | J.D. pinta el diseño con un lápiz de color. |
| ¡Y así se despide J.D., el niño barbero! | Todo el mundo comienza a brincar y felicitar a J.D. por un trabajo bien hecho. |
| | FIN. |

—Es eso o que el ganador pueda elegir qué estilo quiere que le hagas —dijo Jordan—.

Así le añades un reto.

Jordan tenía razón. ¡Sabía que tendría ideas excelentes! Pero quería demostrar mi técnica de la regla. Me acerqué a Xavier y le mostré el nuevo guion.

—¿Crees que puedas actuar sorprendido? —le pregunté.

—¡¿Qué?! ¡¿Quieres decir cómo esto?! —Xavier puso una mano sobre su pecho y comenzó a abanicarse como si hubiera ganado la lotería.

Era una exageración, pero funcionaba. Esto me dio una idea para Eddie.

—Eddie, necesito que actúes bien dramático cuando no ganes, como caerte al piso o algo por el estilo.

—Entendido. —Eddie se tiró al piso como cuando lo taclean en el campo de juego. ¡Fue graciosísimo!

—¡PRIMERA TOMA! Jessyka, *¡Rodando!* —gritó Jordan mientras aplaudía para imitar el ruido de una claqueta de director real.

Le di a Jordan una de mis gorras de béisbol de la Universidad de Tuskegee. En el interior, había tiras de papel en blanco, porque ya sabíamos quién sería el ganador.

—Mira a la cámara, J.D., di tu nombre y trata de seguir el guion —dijo.

—Me llamo J.D. Jones, también conocido como J.D., el niño barbero, y soy el mejor barbero de Meridian, Mississippi. ¡Hoy voy a cortar un *hi-top fade!*

Cerré los ojos, metí mi mano en la gorra y saqué un papel.

—¡El ganador del corte de pelo gratis es mi amigo Xavier!

Xavier agitó sus puños en el aire y se pavoneó para reclamar su premio, mientras Eddie se tiró al piso en falsa agonía. Le había pedido a Vanessa que se encargara de la utilería de este video.

—¡Vanessa, tírame la secadora de pelo!

Con la secadora de pelo y un peine podría hacer crecer mucho el pelo de Xavier.

Xavier tenía mucho pelo. Después de secarlo, lo peiné con un cuadrado alto estilo puff, creé mi guía, le hice un *fade* y terminé con *edge up*. Para terminar, verifiqué que su *hi-top* estuviera parejo. Saqué la regla que usaba en la escuela y se la puse encima para asegurarme de que estuviera uniforme. Estaba perfecto.

—Bien, hermana mayor asistente —dije, en un tono de voz diferente para que sonara como un presentador de fútbol— pásame mis lápices de dibujo.

No sé por qué mi voz salió así, ¡pero continué! Tampoco estaba siguiendo mi guion. ¡Era como si todo hubiera cambiado cuando se encendió la cámara!

—¡No soy tu asistente! —Vanessa desvió la mirada mientras me daba los lápices.

Rapé la palabra *Stylin'* en la parte de atrás de la cabeza de Xavier y alterné los colores carmesí y dorado, que eran los colores de la Universidad de Tuskegee.

—¡Ahí está! —dije—. Soy J.D., el niño barbero, ¡y ese fue otro corte perfecto!

Jordan y Eddie saltaron de alegría y me dieron palmaditas en la espalda y la cabeza. ¡Y me chocaron los cinco como si hubiera anotado una interceptación!

—Listo, voy a parar el video antes que me quede sin memoria —dijo Jessyka—. Y, Jordan, no se supone que los directores aparecen en la película.

Pero Jordan no paraba de saltar.

Vanessa suspiró en voz alta y luego se rio cuando Jordan se tropezó con ella.

—Me voy a casa para editar esto con mi mamá —dijo Jessyka—. ¡Los llamo mañana cuando esté listo!

Lo había logrado. ¡Había grabado mi primer video deYouTube!

—¡Cielos! Me pregunto cuánta gente verá el video, Vanessa —le dije mientras Jessyka salía a toda prisa por el porche trasero.

—Bueno, ¡veremos cuántos verán el *mío* cuando grabe el próximo y yo sea otra vez la protagonista.

# CAPÍTULO 8
## Una leyenda solo en mi mente

Al día siguiente, estaba tan ansioso esperando a que Jessyka nos llamara que era difícil estar quieto. En el desayuno estaba jugando con mi tocino, volteándolo una y otra vez con mi tenedor.

—Oye, J.D., ¿tienes planes de comerte ese tocino o simplemente lo vas a voltear hasta que se enfríe? —preguntó el abuelo—. Si necesitas liberar tu energía, con gusto puedo enseñarte a cortar el césped.

Para el Día de los Padres, Mamá le había comprado al abuelo una cortadora de césped motorizada. Había usado una manual por años, pero cuando mi abuela heredó el lote de al lado que era de su hermano, esto añadió mucha hierba adicional y mi mamá quiso ayudar al abuelo.

«Gracias, cariño. ¡Espero que esta nueva máquina no lo haga demasiado fácil!», había dicho el abuelo.

A él le gustaba trabajar en el patio para mantenerse en forma, me dijo, especialmente después de haber sufrido un infarto hacía un par de años.

Mordí una tira de tocino mientras miraba a Mamá recoger sus cosas para el trabajo. ¡Y entonces sonó el teléfono!

—Hola, Jessyka —dijo Mamá—. ¿Quieres hablar con Vanessa?

Mamá le pasó a Vanessa el viejo teléfono con cordón. El cordón era tan largo que Vanessa podía sentarse en la sala para atender sus llamadas. Una noche por poco me tropiezo con él de camino al baño porque ¡Vanessa se había quedado despierta mucho después de la hora de irse a la cama!

—¡¿De verdad ya está listo?! —escuché que dijo Vanessa—. ¡Fantástico!

Cuando colgó, Vanessa me dijo que mi video de ayer estaba en vivo en YouTube. Todavía teníamos que hacer nuestras tareas de la mañana, pero Vanessa me dijo que podíamos usar la computadora a escondidas cuando Abuelo saliera a llevar a Mamá al trabajo.

—Pero, Vanessa —le dije—, ¡no debemos usar la computadora sin que alguien nos esté vigilando!

Vanessa suspiró.

—Solo tomará unos minutos, J.D. Memoricé la contraseña.

Vanessa puso nuestros cuadernos de multiplicación en la mesa de la cocina para que estuvieran abiertos por si Abuelo regresaba antes de tiempo.

—Primero voy a hacer algunos de tus problemas de matemáticas para que parezca que hemos estado trabajando —dijo Vanessa—. Es matemáticas de cuarto grado. Ya sé hacerlo.

No necesitaba su ayuda. Yo era muy bueno en matemáticas.

Cuando terminé, caminé hasta la sala como si fuera un agente secreto.

—¿Por qué estás andando de puntillas, J.D.? —me preguntó Vanessa mientras caminaba normal—. Aquí no hay nadie.

Aunque no había nadie en casa que nos atrapara, sabíamos que teníamos que ser rápidos. Me

senté junto a Vanessa frente a la computadora, con las palmas sudadas. Ella estaba fresca como una lechuga, como diría mi abuela. ¡No sé por qué se le hacía tan fácil romper las reglas! Recordé cuando me dijo que no fuera tan miedoso.

—¡Aquí está! —dijo Vanessa, señalando la pantalla.

El video duraba unos noventa segundos. ¡Wow, sí que era corto! Habíamos estado afuera filmando todo el día.

Jessyka había añadido algunos efectos especiales fantásticos, como un título flotante y algo de música de fondo. Aunque la toma era más clara, todavía no se veía tan bien como algunos de los videos que Vanessa me había mostrado de otros niños en YouTube cortando pelo.

Noté por la fecha que Jessyka lo había subido la noche anterior. Solo había sido visto veinticinco veces y no tenía ningún comentario. Supongo que teníamos que darle algo más de tiempo para atraer más atención, pero aun así estaba decepcionado.

Un auto llegando a la entrada me sacó de mis pensamientos. Abuelo había regresado.

Vanessa apagó rápidamente la computadora y corrimos de vuelta a los cuadernos que nos esperaban en la cocina.

—Tengo una nueva idea para el próximo video —le dije.

—Bueno, pero ahora es MI turno —respondió Vanessa.

Vanessa estaba resolviendo sus problemas de matemáticas como si nunca se hubiera levantado de la mesa. Aunque sabía que la molestaría, puse mi mano en su página para que mirara hacia arriba y viera que hablaba en serio.

—Eso es parte del problema —le dije.

Vanessa parecía molesta y sorprendida al mismo tiempo.

—Tenemos que hacer algo realmente distinto —dije.

—¿Cómo qué? —preguntó Vanessa.

—Tenemos que hacer algo juntos, al mismo tiempo. ¡Igual que Chloe x Halle! Ellas crearon un canal de YouTube donde cantan juntas y ahora son famosas —le expliqué—. Jordan me mostró su primer video real porque su hermano Naija les ayudó a filmarlo cuando estaba en la universidad en Atlanta.

Vanessa sonrió de oreja a oreja. Yo sabía que le gustaba Chloe x Halle.

—Creo que Naija todavía tiene un equipo de cámara en su antiguo cuarto —le dije—. ¡Apuesto a que Jordan nos dejaría usarlo! ¡A él le gusta dirigir!

—Wow, ¿de verdad? —respondió Vanessa—. Si es así, ¡solo tenemos que pensar en una idea muy, muy buena para el próximo video!

Yo estaba entusiasmado. Vanessa estaba entusiasmada. Ahora era el momento de entusiasmar a Jordan para que usara un equipo que no le pertenecía y que yo ya había prometido que podríamos conseguir.

# CAPÍTULO 9
## Iron Man

El domingo era el único día que descansábamos de la Evans Summer School. Hoy era sábado.

—¡Estoy feliz de que regresemos a nuestras lecciones de francés! —dijo Mamá.

Ella había empezado a enseñarnos los diferentes sonidos del alfabeto y los números del uno al diez. Mamá conocía bien el francés e incluso patois.

No estaba seguro de cuándo necesitaría hablar francés, pero era bastante fácil memorizar los sonidos y me gustaba aprender de Mamá.

Mamá nos pidió que sacáramos nuestras tarjetas de francés y nos hiciéramos preguntas el uno al otro mientras ella salía por un segundo.

Vanessa no perdió el tiempo y me pasó un papel mientras sonreía como si hubiera ganado el primer lugar en su propia competencia de estilistas.

Era el guion para un nuevo video.

# VANESSA, LA CHICA HACELOTODO: CUENTAS Y UÑAS

## Guion por Vanessa Jones

| AUDIO | VIDEO |
|---|---|
| ¡Hola! Soy Vanessa, la chica hacelotodo, y hoy haremos algo superchévere: ¡vamos a coordinar cuentas para tu pelo con tus uñas! | Jessyka se sienta en una silla y sacude sus trenzas mientras muestra sus uñas a la cámara. |
| Lo primero es lo primero: quítate el esmalte de uñas y tus cuentas viejas. [Jessyka dice: ¡Adórname!] | Jessyka se quita el esmalte de uñas y mueve los dedos en dirección a la cámara para que todos lo vean. |
| Veamos. Para las cuentas amarillas, el morado es el color complementario perfecto. | Vanessa, la chica hacelotodo, muestra una rueda de color a la cámara y selecciona un esmalte de uñas morado. |
| ¡Ahora es el turno de los adornos llamativos! | Pegan pequeñas cuentas de plástico, en una uña sí y en otra no. |
| Para el pelo, esto parece difícil, pero es fácil. Te mostraré cómo hacer dos hileras en casa. | Vanessa elimina dos de las filas de cuentas del pelo de Jessyka y añade cuentas amarillas. |
| ¡Y eso es todo por hoy! | Jessyka sacude su pelo de un lado al otro mientras se escucha la música. |
| | FIN. |

No podía creerlo. ¡Vanessa no me había incluido! Pensé que habíamos acordado que hacer algo juntos haría que más personas vieran nuestros videos. Sin embargo, se había olvidado de mí otra vez.

Esta no era la primera vez que Vanessa me ignoraba por completo. Cuando yo era más joven, si ella se frustraba conmigo, fingía que ni siquiera estaba en la habitación con ella. Cuando le hablaba, ella decía algo como: «El viento sí que está muy fuerte hoy». Excluirme de este video hizo que me sintiera igual que entonces.

—Vanessa, esto no es un negocio familiar —le dije—. ¿Qué pasó con hacer un video juntos?

Vanessa tomó su guion y se encogió de hombros.

—Tengo un rol para ti en este video —me dijo—. Puedes ser el asistente de equipo.

¡De ninguna manera sería el asistente de equipo! Tomé el papel y comencé a marcarlo.

Jordan no era el único que podía añadir notas.

# VANESSA, LA CHICA HACELOTODO + J.D., EL NIÑO BARBERO HACEN UN RAPADO CON CUENTAS Y UÑAS

### Guion por Vanessa y J.D. Jones

| AUDIO | VIDEO |
|---|---|
| **¡VANESSA:** ¡Hola! Soy Vanessa, la chica hacelotodo, y hoy haremos algo superchévere: ~~¡vamos a coordinar cuentas para el pelo con tus uñas!~~ con mi hermano J.D., el niño barbero.<br><br>¡Yo voy a coordinar cuentas para pelo con las uñas de nuestra amiga Jessyka y J.D. va a hacerle un rapado con diseño! | Jessyka se sienta en una silla y sacude sus trenzas mientras muestra sus uñas a la cámara.<br><br>J.D. hace girar a Vanessa en la silla y levanta sus trenzas con cuentas para mostrar la parte posterior de su cuello. |
| **VANESSA**: Lo primero es lo primero: quítate el esmalte de uñas y tus cuentas viejas.<br><br>[**JESSYKA**: ¡Adórname!] | Jessyka se quita el esmalte de uñas y mueve los dedos en dirección a la cámara para que todos lo vean. |
| **VANESSA:** Veamos. Con las cuentas amarillas, el morado es el color complementario perfecto. | Vanessa, la chica hacelotodo, muestra una rueda de color a la cámara y selecciona un esmalte de uñas morado. |

| | |
|---|---|
| **VANESSA:** ¡Ahora es el turno de los adornos llamativos! | Pegan pequeñas cuentas de plástico, en una uña sí y otra no. |
| **VANESSA:** Para el pelo, esto parece difícil, pero es fácil. Te mostraré cómo hacer dos hileras en casa.<br><br>**J.D.:** Tal vez eso sea fácil, ¡pero un rapado es difícil! Tienes que prestar atención.<br><br>Barbero asistente, Justin, por favor, pásame mi máquina recortadora.<br><br>¿Qué estilo quieres en la parte de atrás, Jess?<br><br>[Jessyka contesta.] | Vanessa elimina dos de las filas de cuentas del pelo de Jessyka y añade cuentas amarillas.<br><br>Justin le entrega a J.D. la máquina recortadora. J.D. se para detrás de Jessyka y comienza a cortarle el pelo. |
| **J.D. y Vanessa juntos:** ¡Y eso es todo por hoy! | Jessyka sacude su pelo de un lado al otro mientras se escucha la música.<br><br>J.D. gira a Vanessa en la silla mientras la cámara hace zoom en su diseño. |
| | FIN. |

No solo había escrito un guion que nos daba tiempo a ambos para brillar frente a la cámara, ¡sino que hasta había encontrado una manera de incluir a Justin! Ahora sí era un negocio familiar.

Esperaba que Vanessa aplaudiera y se alegrara. ¡Quizás hasta me agradecería por mejorar su solicitud para el programa Junior Business Scholars al no copiarme otra vez!

Pero lo único que dijo fue:

—¡Wow! ¿Crees que Jessyka permitirá que le cortes el pelo? ¿Sabes cómo cortar el pelo de una chica?

—Sí —le contesté—. Ella solía pedirme que le hiciera diseños durante la temporada de fútbol. Y le corto el pelo a Mamá.

—Está bien, J.D., di lo que quieras. —Vanessa se encogió de hombros otra vez, pero noté una leve sonrisa antes que se diera la vuelta para irse. ¡Sabía que le iba a gustar esta idea!

Con un nuevo guion listo, solo necesitábamos las habilidades para dirigir de Jordan y la cámara de Naija.

»»«««

Cuando llegué a casa de Jordan, él estaba sentado en su cuarto a oscuras mientras Minecraft resplandecía en su pantalla. Había bolsas de papitas vacías por todas partes y hacía calor, como si no hubiera abierto las ventanas en un millón de años. Me gustaría que volviera a jugar NBA 2K o Madden. Al menos a mí también me gustaban esos juegos.

—Eh, Jordan —dije.

Le pedí que pausara el juego por un segundo porque tenía noticias importantes que él no querría perderse.

—Hoy vamos a grabar otro video en casa de Jessyka. ¿Quieres ayudar? —le pregunté.

—¿Necesitas que reescriba otro guion? —él respondió riéndose.

Le conté sobre el nuevo guion que yo había escrito.

—¡Fantástico, J.D.! —dijo.

Era difícil impresionar a Jordan, así que me sentí orgulloso.

—¿Sabes qué lo haría aún mejor? —le pregunté—. Jordan negó con la cabeza. —¡Que tú seas el director y nos grabes con la cámara sofisticada de Naija!

Jordan dio un paso atrás y se frotó la barbilla como si estuviera tratando de entender bien la idea. Antes de decir una palabra, caminó por el pasillo y abrió un clóset. Dentro del clóset había muñecos de acción, trípodes, un anillo de luz y muchos disfraces de Halloween.

—¡Anda! ¿De dónde sacaste todo eso? —pregunté—. ¡Parece el clóset de Iron Man!

Jordan seguía moviendo las cosas como si no fuera nada del otro mundo.

La cámara estaba en el estante superior. Tenía dos micrófonos con clip y una enorme luz blanca y brillante.

—Aquí está —dijo Jordan—. Es de Naija, pero ha estado aquí por meses. Él no la ha usado mucho desde que se graduó de la universidad.

Parecía un error que una cámara tan buena estuviera guardada cuando podíamos usarla para filmar nuestros videos.

—¿Crees que podemos llevarla a casa de Jessyka? —le pregunté.

—Probablemente no, pero ¿quién se va a dar cuenta?

Jordan agarró una bolsa de deportes vacía del clóset y puso la cámara dentro. Y también agarró otro equipo del clóset. No tenía ni idea de qué era, pero Jordan sí. Me di cuenta de que él ya estaba pensando en más ideas para nuestro video.

Cuando regresamos a mi casa, Mamá estaba en la computadora terminando el boletín de la iglesia que ella preparaba voluntariamente. Le pregunté si podía llevarnos a casa de Jessyka, incluido Justin. Me preguntó si habíamos terminado nuestras tareas.

—¡Sí, Mamá! Solo me faltaba una, eso es *une* en francés, y ya la terminé —le dije.

El francés funcionó y nos apiñamos en el auto.

Jessyka nos estaba esperando en su porche trasero, y ya tenía sus cuentas y el esmalte de uñas listos.

Hoy sus cuentas eran rojas, verdes y negras. Ella llevaba un uniforme de tenis color amarillo.

—¿Entonces de verdad tienes que ir al campamento de tenis? —le pregunté a Jessyka.

—Así parece —me dijo—. Mi papá dice que Venus

y Serena Williams se van a retirar pronto y alguien tiene que tomar su lugar. Pero preferiría trabajar en efectos especiales. ¡Mis videos se ven casi tan bien como *Avengers: Endgame*! Solo necesito más tiempo para trabajar en una cosa.

Jessyka miró al suelo. Sus padres siempre la estaban matriculando en algo nuevo. Una vez me dijo que su papá estuvo cerca de jugar fútbol americano profesional. Supongo que también quería que Jessyka jugara a nivel profesional.

—¡Olvídate de *Avengers: Endgame*, Jessyka! —dijo Jordan mientras se acercaba con el nuevo equipo—. ¡Este video se verá mejor que la última película de *Star Wars*!

Jessyka gritó emocionada cuando vio todo lo que Jordan había traído. ¡Se veía más contenta que cuando anotaba para el equipo de fútbol americano infantil!

—¿Sabes cómo usar todo esto, Jessyka? —preguntó Jordan.

—Sí, más o menos. Tomé una clase de edición de videos la primavera pasada durante los fines de semana cuando terminó la temporada de atletismo.

Vanessa comenzó a repartirle a todo el mundo las copias de nuestro guion.

—Listo, ¡preparémonos para trabajar!

Miré a Jessyka mientras ella leía sobre su papel esta vez. Me puse nervioso. ¿Qué pensaría ella sobre el rapado?

—Wow, J.D. —dijo Jessyka—. ¿Vas a cortarme el pelo hoy?

—¡Solo si quieres que lo haga! —contesté rápidamente.

Jessyka leyó el guion otra vez y luego saltó y pateó un par de veces.

—¡Sí! —gritó—. Quiero el diseño de una rosa en la parte de atrás de mi cabeza, y ¿puedes colorearla de amarillo para que coordine con mi ropa?

—¡Por supuesto! —le dije aliviado.

Saqué rápidamente mis lápices de colores para mostrárselos a todo el mundo.

Jessyka se acercó a la cámara y le explicó a Jordan los diferentes ajustes.

—Voy a poner mi iPhone en un soporte para que también podamos filmar desde otro ángulo —ella dijo.

Vanessa y yo nos enganchamos nuestros micrófonos con un clip. Mi hermana miró a Jordan y dijo «Luces, cámara, acción!» antes de marcar el inicio de la escena con una claqueta de director real que Jordan había puesto en la mesa, al lado de un recipiente con cuentas amarillas para el pelo.

Vanessa miró a la cámara y comenzó nuestro nuevo video.

—¡Hola! Soy Vanessa, la chica hacelotodo —dijo como si estuviera cantando en el coro.

—¡Y yo soy J.D., el niño barbero! —añadí.

Vanessa siguió el guion hasta que comenzó a describir lo que yo iba a hacer:

—Y mi hermanito J.D. rapará un diseño en la parte de atrás de la cabeza de Jessyka. Mi otro hermanito, Justin, será nuestro asistente por el día de hoy.

¡No podía creer que Vanessa me llamara «hermanito» delante de mis amigos! ¡Qué vergüenza!

Cuando se lo pidió, Justin le entregó a Vanessa las cuentas amarillas. Observé mientras quitaba lentamente las cuentas del pelo de Jessyka, una por una, y las reemplazaba con las cuentas amarillas. ¿Cómo sería este un video emocionante?

Cuando Vanessa terminó, Jessyka agitó la cabeza con tanta fuerza que parecía una mancha amarilla.

Finalmente era mi turno.

—Muy bien, Justin, pásame mi máquina recortadora, por favor —dije.

Seguimos el guion, y Jessyka me pidió el diseño de una rosa amarilla para que coordinara con su ropa.

Mi corazón empezó a latir un poco más rápido cuando encendí la máquina recortadora, igual que la primera vez que le corté el pelo a Mamá para su graduación.

Deshice una hilera de trenzas en la nuca de Jessyka. A continuación, puse una guía número dos en mi máquina recortadora y comencé a trabajar mientras caían al suelo grupitos de pelo mullido. Fue fácil raparle el pelo a Jessyka y degradárselo hasta el cuello, pero me tomó más tiempo diseñar la rosa.

La giré para que quedara frente a la cámara de Naija y le pedí a Justin que me diera mi lápiz amarillo. Me sentí muy orgulloso mientras coloreaba la rosa.

—¡Ya terminé, mi gente! —grité.

—¡Y ahora pasemos a las uñas! —Vanessa gritó de inmediato.

Les tomó unos treinta minutos terminar. Justin se quedó allí sentado, hipnotizado, hasta que finalmente Jessyka se levantó y puso sus manos frente a la cámara.

—¡CORTE! —gritó Jordan.

Jessyka dio una vuelta. Parecía que estaba contenta con su pelo y con sus uñas, porque no dejaba de sonreír.

Ella se acercó a la cámara y sacó la tarjeta SD.

—¿Estás segura de que esto se verá bien? —le pregunté a Jessyka—. Es muy largo.

—¡Ah! Ya verás cuando terminé de editar el video con mi mamá —ella contestó.

Jessyka nos estaba explicando lo que quería hacer con el video cuando escuchamos un ¡bum! muy fuerte.

La puerta trasera del porche se abrió de par en par. Era el señor Fleet y parecía que tenía prisa. El señor Fleet era un hombre alto y bien afeitado que mantenía un *fade* muy arreglado todo el tiempo. Todavía lucía como el mejor receptor abierto en el estado de Mississippi que había sido años atrás.

—¡Bien, muchachos, se les acabó el tiempo! —nos dijo—. ¡Jessyka y yo vamos a pegarle a algunas bolas de tenis para que practique y les lleve ventaja a los otros niños cuando vaya al campamento!

Jessyka parecía decepcionada y le dijo a su papá que habíamos terminado de filmar un video muy bueno y que quería empezar a editarlo de inmediato.

—Jess, cuando seas la jugadora de tenis número

uno en el mundo podrás pagarle a alguien para que haga todos los videos que quieras —le dijo, mirándola directamente a los ojos.

Traté de buscar a Jessyka con la mirada para decirle con mis ojos que lo sentía mucho, pero no me miró.

—Llamen a sus padres para que los vengan a buscar —dijo el señor Fleet.

Vanessa dijo que llamaría a Mamá. Se llevó a Justin y siguió al señor Fleet y a Jessyka hacia adentro. Mientras Jordan y yo esperábamos afuera, tomé una pelota de fútbol americano del porche y se la arrojé.

—Quería subir el video rápido —dije—. ¡Piensa en todos los seguidores que estamos perdiendo!

Jordan atrapó la bola.

—Anda, ponte a hacer otra cosa, J.D. Todavía es temprano. Quizás pueda expandir mi mapa en Minecraft.

Era como si la magia que había sentido mientras grabábamos hubiera desaparecido.

¿Cómo podía Jordan pasar a otra cosa tan rápido? Tomé la bola y se la tiré velozmente.

Esta vez, Jordan no atrapó la bola y comenzó a tropezarse hacia atrás. Cerré los ojos al escuchar que algo se estrellaba.

—¡Ay Dios mío! —escuché gritar a Jordan—. ¡¿Qué le voy a decir a Naija?!

Abrí los ojos y vi a Jordan arrodillado junto a la cámara. Me acerqué a toda prisa para inspeccionarla. ¡El lente estaba hecho pedazos! Traté de prenderla, pero no funcionó. Y como si fuera poco, una de las patas del trípode estaba doblada.

En ese momento, Vanessa regresó con Justin.

—Ooooooooooo —dijo Justin mientras apuntaba a la cámara rota.

—¿Qué pasó aquí?—preguntó Vanessa—. ¡Ahora nunca conseguiré que mis videos se vean como quiero para el programa Junior Business Scholars!

Jordan se levantó y frunció las cejas.

—Espera un minuto —dijo—. Entonces, J.D., ¿estás haciendo esto para una especie de tarea para tu hermana?

—No, no exactamente —dije, mirándome los zapatos—. Vanessa me prometió que todos seríamos famosos.

Jordan sacudió la cabeza y dejó escapar un suspiro.

—Bueno, que tengas buena suerte con eso —comentó—. Lo único que sé es que alguien tendrá que pagar por la cámara de Naija. MUCHAS gracias, J.D. ¡Nada de esto habría ocurrido si me hubiera quedado en casa jugando Minecraft!

Sonó la bocina de un auto y supimos que mi mamá había llegado para recogernos. Justin ayudó a Jordan a meter las piezas de la cámara rota en su bolsa de deportes. Nos apiñamos en el asiento trasero y no dijimos ni una palabra en el viaje de regreso a casa.

# CAPÍTULO 10
## La deuda

Al otro día, hacía más calor de lo usual en la iglesia. O quizás me sentía culpable por la cámara rota. ¿Acaso había ahorrado suficiente de mi trabajo en Hart and Son para pagar por algo así? Apuesto a que costaba muchísimo dinero.

Mientras Mamá y Vanessa cantaban en el coro y Abuela y Abuelo cumplían con sus deberes de diáconos y dirigían los himnos antes que el pastor comenzara a predicar su sermón, mi trabajo en la iglesia era vigilar a Justin.

—¡Buenos días, feligreses! —dijo el pastor Harris mientras caminaba tranquilamente hacia el púlpito. El pastor era un hombre bajito y gordo. Llevaba gafas y una sotana color carmesí oscuro con una cruz enorme en la espalda y mangas largas que brillaban en la muñeca. Llevaba el pelo en un corte César y no tenía vello facial. Y aunque él hablaba con una voz profunda y resonante, siempre sonreía y era amigable.

—¡Hoy hablaremos sobre LAS MENTIRAS Y LA VERDAD!

—¡Muy bien, pastor! —gritó todo el mundo.

Me encogí en mi asiento y comencé a sudar aún más. ¿Podría el pastor Harris leer mi mente? ¿Qué le dijo Jordan a Naija sobre la cámara rota? ¿Le dijo que todo era culpa mía? ¿Cuánto tiempo faltaba para que los padres de Jordan llamaran a mi casa?

Seguramente tendría que volver a trabajar en Hart and Son para pagar por la cámara... ¡y quizás hasta peor!

De vuelta en la casa, mi familia comió un montón de col berza, pan de maíz, frijoles ojo negro y el pollo al horno que recientemente mi abuela había empezado a cocinarnos porque el médico le dijo que era más saludable que el frito.

—Estás muy callado esta noche, J.D. —dijo Mamá—. ¿Te pasa algo?

El celular de Mamá sonó antes que pudiera contestarle. No alcancé a ver quién era.

—Discúlpenme, ahora vuelvo —dijo Mamá, y se fue a la sala.

Siempre nos enseñaron que era mala educación hablar por teléfono en la mesa, así que nadie lo hacía.

Su voz estaba amortiguada, pero escuché fragmentos.

—¿En serio? Eh, gracias por dejarme saber. Hablaré con los dos sobre esto. Buenas noches.

Esto no sonaba bien.

Cuando terminó la cena y puse los platos en el

lavaplatos tras botar las sobras, traté de irme dere-
chito a mi cuarto.

—¡Buenas noches a todos! —dije.

—Mmm. No es tan tarde, J.D. Necesito que
Vanessa y tú me acompañen a la sala para tener
una charla.

Vanessa y yo nos miramos. Vanessa puso mala
cara. «¡Esto es culpa tuya!», me dijo entre dientes.

—Bueno, recibí una llamada de Naija hoy y
me dijo que ustedes usaron su cámara este fin de
semana sin pedirle permiso.

Tragué mientras esperaba que el resto de la verdad saliera a relucir.

—¡Y dijo que la devolvieron rota! ¿Alguien por
favor puede decirme qué pasó?

Como había sido mi idea pedirle a Jordan el
equipo, decidí que lo mejor sería decir la verdad.
No era culpa de Vanessa. Ella no merecía meterse
en problemas.

—Mamá, fue un accidente. Vanessa, Jordan y yo
estábamos filmando un video en casa de Jessyka,
y la cámara se rompió mientras Jordan y yo jugá-
bamos fútbol afuera —le dije—. Vanessa no estaba

conmigo cuando tomamos la cámara ni estaba con nosotros cuando se rompió.

Mamá me miró por un largo rato con un rostro tierno.

—Para empezar, J.D., ¿por qué necesitabas la cámara?

—Simplemente pensamos que tener una cámara de mejor calidad haría que nuestros videos de YouTube se vieran cool —le dije.

Vanessa puso sus manos sobre boca, como si yo hubiera dicho algo escandaloso. Supongo que acababa de revelar nuestro secreto.

—¿Cuáles videos de YouTube? —Mamá preguntó.

Vanessa se paró frente a mí como si quisiera protegerme.

—Mamá, ¿te acuerdas cuando dije que quería solicitar al programa Junior Business Scholars? —Vanessa preguntó—. Pues la carrera que escogí es de *influencer* de peinados.

—Podría jurar que me dijiste que querías tener un salón para chicas y chicos —dijo Mamá.

—Bueno, es un salón pero solo en YouTube. J.D.

es mi empleado. En vez de trabajar en Hart and Son, está trabajando conmigo. Estamos creando videos con Jessyka.

Eso era todo. La historia completa.

Por un segundo me olvidé del lío en que podríamos estar metidos, ¡porque me enojé cuando ella dijo que yo era su empleado!

—¿Sabes, Vanessa? Debiste haber sido más clara sobre lo que estabas haciendo. No creo que hayas sido completamente sincera conmigo.

—Lo siento, Mamá —respondió Vanessa—. Pero el proyecto está casi terminado. Ahora tengo que completarlo. ¿Puedo mostrarte lo que hicimos?

Mamá nos siguió hasta la computadora y Vanessa buscó nuestro canal, *Kidz Cutz and Nailz*. Vanessa puso el video en el que le hice a Xavier un *hi-top fade* y usé una regla.

Mientras Vanessa y yo observábamos a Mamá en silencio, una sonrisa comenzó a dibujarse en su rostro. Solo un puñado de personas habían visto el video, pero había un par de comentarios nuevos.

—Muy creativo —comentó Mamá cuando terminó el video—. Pero, Vanessa, debiste haberme

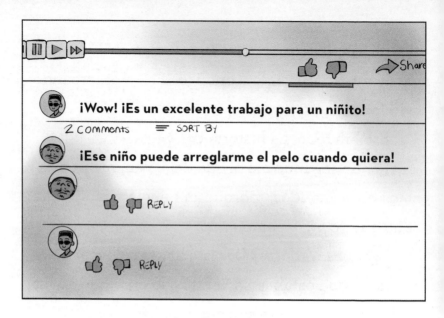

dicho que estabas haciendo esto con J.D., y J.D., debiste haberme dicho que ya no estabas trabajando en Hart and Son. El Internet no siempre es un lugar seguro para los niños. Por eso establecí la regla de que haya un adulto presente mientras usan la computadora.

Tenía la esperanza de que después de todo ¡se hubiera olvidado de la cámara de Naija!

—No importa que la cámara de Naija se rompiera por accidente. Aun así, la tomaste sin pedirle permiso. Alguien tiene que pagar por ella —me dijo—. Una nueva cuesta mil dólares.

¿MIL DÓLARES? Fue difícil escuchar algo más

después que Mamá dijera eso. Pero ella explicó que el señor Mathews había decidido suspender la mesada de $50 de Jordan por diez semanas para pagar la mitad, y esperaban que yo pagara el resto.

—James, ¿todavía tienes dinero ahorrado de tu trabajo en Hart and Son, cierto?

No podía mentir.

—Sí, Mamá, me queda algo, pero no es mucho.

Como le habían dado a Jordan diez semanas para pagar su parte, yo tenía la misma cantidad de tiempo.

—Estoy segura de que, si regresas a la barbería, podrás pagar lo que debes muy rápido —dijo Mamá.

Mis hombros se cayeron. ¡Se acabó! Todo había terminado.

Arrastré los pies hasta mi cuarto. ¡Tenía que empezar a contar!

# CAPÍTULO 11
## De vuelta al principio

No tenía deseos de abrir mi vieja caja de zapatos de inmediato. Allí guardaba mi dinero. En lugar de eso, empecé a jugar NBA 2K con los Cavs y LeBron James. Cada vez que jugaba, ponía a LeBron en mi equipo y jugaba contra los Showtime Lakers, el equipo favorito de mi mamá, o los Chicago Bulls de los años noventa. Pero los videojuegos me recordaban a Jordan, y Jordan me recordaba la cámara rota y todo el dinero que debía. Así que abrí la caja y empecé a contar.

$20 x 1= $20

$10 x 3= $30

$5 x 2= $10

$1 x 8= $8

Total: $68

Lo que yo debía de la cámara: $500 - $68 = $432

¿Debería regresar a Hart and Son para pagarla? ¡Entonces casi no me quedaría ningún fin de semana libre este verano! Quizás debería trabajar todos los días de la semana. De todos modos estaba seguro de que Jordan no me querría hablar porque me culpaba de que le quitaran su mesada.

Me desperté a la mañana siguiente con un ejemplar del más reciente cómic del Hombre Araña en mi cara. Eso es otra cosa: no más cómics nuevos por el resto del verano.

Todas mis opciones eran malas.

Por lo general, en el desayuno Vanessa hablaba de todas sus ideas nuevas y de sus nuevos planes, pero hoy simplemente comió en silencio.

—Jessyka comenzará pronto su campamento de tenis —dijo Vanessa con una voz triste.

Miramos al abuelo mientras se levantaba como de costumbre para llevar a la abuela, a Justin y a Mamá a sus respectivos lugares.

Después de que se fueran, Vanessa cerró su

cuaderno de matemáticas y dejó caer su cabeza sobre él.

—¿Cómo voy a solicitar al programa Junior Business Scholars cuando lo único que el proyecto ha hecho es perder dinero? —dijo.

—Bueno, al menos no lo perdiste todo, Vanessa. ¡Yo solo sé que no tengo dinero ni trabajo ni los fans que me prometiste! —dije—. ¡Y mi mejor amigo probablemente me detesta!

Vanessa levantó su cabeza de la mesa, extendió su brazo y me dio una palmadita en el mío.

—J.D., no quería que esto pasara —me dijo—. Por

cierto, gracias por contarle la verdad a Mamá. Sé que eso fue aterrador.

Nos quedamos sentados allí, sin hacer nuestra tarea de matemáticas.

—¡Ah! Y Jordan no te detesta —me dijo.

¡Ojalá tuviera razón!

Vanessa abrió rápidamente su cuaderno de matemáticas cuando escuchó que el abuelo se estaba estacionando en la entrada. Tenía ganas de inventar mis propios problemas verbales de matemáticas a ver si ayudaban a calcular cuánto tiempo me tomaría pagar la cámara de Naija. Cerré

los ojos y me imaginé que ya era anciano, más viejo que Abuelo, y que estaba caminando a la casa de Naija, que también era viejo, para entregarle $500.

Tenía que existir alguna manera más fácil de solucionar esto. Simplemente todavía no sabía cuál era.

# CAPÍTULO 12
## La cuerda salvavidas

Ni Vanessa ni yo queríamos salir después de terminar nuestra tarea. Ni siquiera pedí tiempo para usar la computadora. ¿Qué había que ver? Saqué mi cuaderno de dibujos y empecé a dibujar billetes y caras tristes, y Vanessa comenzó a cortarle el pelo a su muñeca.

El abuelo estaba viendo la televisión antes de tener que hacer sus visitas de seguros más tarde en el día. Él solo veía tres tipos de programas de televisión: noticias, programas de juegos y telenovelas. Su presentador de noticias favorito era Tom Frank, un hombre blanco mayor con el pelo entrecano, que usaba gafas y un traje negro todos los días. Después que terminaron los noticiarios locales en WTOK, el abuelo estaba viendo *What's Up in the Southeast?*, un programa que ponía los reflectores en las personas más interesantes de Tennessee,

Mississippi y Georgia. Su segmento favorito era el de las estrellas del sureste, llamado «Southeast Star». La presentadora era una señora que se llamaba Sharon McNeil, una mujer negra que tenía un corte de pelo pixie, como el que Mamá tenía antes.

Tan pronto la señora McNeil apareció en pantalla, Abuelo subió el volumen.

—¡La «estrella del sureste» de esta semana son los *Jumping Jacks* de Memphis, Tennessee!

Un grupo de personas que parecía estar entre los veinte y treinta años entró al escenario haciendo acrobacias y lanzándose al aire unos a otros.

Los tres vimos la rutina de los *Jumping Jacks* y la entrevista que siguió en la que explicaron cómo se habían convertido en gimnastas expertos.

«Empecé a hacer acrobacias con mi hermano y mi hermana cuando yo tenía tres años, y ahora viajamos por todo el mundo como bailarines», dijo el *Jumping Jack* más bajito, un hombre con rastas rubias teñidas.

«¡Eso es realmente extraordinario!» dijo la

LOS JUMPING JACKS DE MEMPHIS, TENNESSEE

señora McNeil. «¡Y qué maravilloso que empezaras a tan temprana edad!»

Ella se volvió hacia la cámara y continuó:

«¡Esta es la introducción perfecta para nuestro nuevo concurso, "Southeast Star: El duelo de las vacaciones de verano"!».

El fondo de la pantalla se desvaneció a negro mientras la señora McNeil explicaba más detalles.

«¡Hola, chicos y chicas entre los cinco a doce años! ¿Tienes un talento o una habilidad especial que crees que debamos resaltar en "Southeast Star"? De ser así, visita nuestro sitio web y haz clic en el enlace para la competencia "Southeast Star". Sigue las instrucciones, envía tu presentación en video ¡y buena suerte! El ganador recibirá una invitación para aparecer en vivo en nuestro estudio. ¡Y también recibirá un gran premio de cinco mil dólares!». Vanessa se volteó rápidamente para mirarme.

¡Ajá! ¡Esta era mi oportunidad! Podría pagarle a Naija sin tener que regresar a Hart and Son, ¡y me haría famoso al mismo tiempo!

Cuando gané la batalla de barberos, el *Meridian Star* publicó un artículo sobre mí. Ahora que había aprendido algunas cosas nuevas; por ejemplo, cómo cortarle el pelo a una chica y cómo escribir un buen guion para video, sabía que tenía una buena oportunidad de ganar.

NOSOTROS teníamos una buena oportunidad de ganar.

Pensé en Jordan y lo bien que había dirigido

nuestros videos. Jessyka era la única persona que podía editar un video ganador. Y como los *Jumping Jacks*, Vanessa y yo éramos un dúo imparable de hermano y hermana. Debíamos encontrar la manera de reunir al grupo otra vez.

# CAPÍTULO 13
## ¿Entenderían nuestros padres?

No solo necesitaríamos la ayuda de nuestros amigos para participar, si no que también necesitaríamos el permiso de sus padres. Vanessa me leyó las reglas para «Southeast Star: El duelo de las vacaciones de verano» que estaban en el sitio web. Explicaban que un padre o un tutor tenía que autorizar la participación de cada menor y dar permiso para que filmaran una entrevista de seguimiento en WTOK.

Como ninguno de los dos íbamos a salir después de terminar nuestra tarea ese lunes, decidimos que intentaríamos hablar con Jessyka y Jordan. Acordamos que Vanessa hablaría con Jessyka y yo con Jordan, aunque tenía miedo de que no quisiera hablar conmigo.

—Él no puede estar tan enojado —me dijo

Vanessa—. Él fue quién te mostró la cámara. Además, puedes decirle que dividiremos el dinero en partes iguales si ganamos. Así no tendría que preocuparse por su mesada.

Sospechaba que a Jordan le gustaría ese trato. $5,000 dividido entre 4 personas eran $1,250 para cada uno. ¡Eso era mucho! Aun después de pagar los $500, le quedarían $750.

Caminé hasta la casa de Jordan, que era mi vecino, y llamé a la puerta. Mi corazón latía tan fuerte que me preguntaba si el señor Mathews lo escucharía cuando abriera la puerta.

—Hola, J.D. —dijo—. Jordan está afuera en la cochera, si lo estás buscando. No puede jugar videojuegos por dos semanas como parte de su castigo por la cámara.

—¡Oh! —le dije. Estaba seguro de que Jordan no estaría de buen humor.

Encontré a Jordan dibujando con tiza en el piso.

—¡Hola, Jordan! —dije alegremente.

—¿Por qué estás tan contento, J.D.?

Sabía que Jordan no iba a dejar que pasara por

alto lo que sucedió cuando jugamos con la bola de fútbol. Tenía que ser sincero, tal como Mamá me había dicho.

—Mira, Jordan, siento mucho lo que pasó en casa de Jessyka. Los dos metimos la pata y ambos estamos pagando las consecuencias. Solo quiero que seamos mejores amigos otra vez. Tengo un plan para que nuestro verano vuelva a ser espectacular —le dije.

Jordan alzó la vista.

—¿En serio?

Le conté sobre «Southeast Star» y el premio en efectivo para pagar la cámara, así como la entrevista para televisión y cómo Vanessa estaba tratando de que Jessyka se uniera también.

—Lo único que tienes que hacer es pedirle a tu papá que te dé permiso para participar en la competencia de video con nosotros —añadí.

—Quiero hacerlo, J.D., pero no sé qué dirá mi papá —respondió Jordan—. Todavía está enojado. Déjame preguntarle ahora mismo. Espérame aquí. No tengo permiso para que mis amigos entren a la casa.

Jordan entró a su casa corriendo y cerró de golpe la puerta mosquitera tras él.

Mientras esperaba, tomé una tiza y escribí la palabra GANADOR, como había hecho en la parte posterior de la cabeza de un niño cuando gané la Gran batalla de barberos. Pensé en lo cerca que estaba de ser un ganador otra vez.

Jordan regresó corriendo poco después, con una enorme sonrisa en la cara.

—¡Mi papá dijo que sí! ¡Con el dinero que vamos a ganar, podemos comprar NUESTRA PROPIA cámara!

Saltamos de alegría con los puños en el aire. ¡Estábamos un paso más cerca de nuestro sueño!

Cuando regresé a casa, Vanessa me puso al día sobre su conversación telefónica con Jessyka. Me dijo que Jessyka sonaba cansada cuando contestó el teléfono. Acababa de regresar de su campamento de tenis, donde estaba entrenando para un torneo la semana siguiente. Como había fallado muchas jugadas, el señor Fleet le había dado un sermón durante todo el viaje de vuelta a su casa sobre trabajar más duro.

—A ella no le gusta el campamento de tenis— me comentó Vanessa—. ¿Sabes qué me dijo? Que falló a propósito algunas de esas jugadas. Creo que quiere que la expulsen.

Desde que conocí a Jessyka nunca la había visto fallar en algo a propósito. Esto parecía serio.

—Le dije que era el momento perfecto para hablar con su papá sobre «Southeast Star» —dijo Vanessa—. Simulé ser su papá, y Jessyka practicó lo que quería decirle.

Jessyka habló mucho con Vanessa y terminó diciéndole que solo podía ser la mejor Jessyka, no el mejor señor Fleet, y que esperaba que su papá entendiera por qué prefería participar en «Southeast Star».

—Yo le daría permiso si fuera el señor Fleet —dijo Vanessa.

No escuchamos de Jessyka hasta después de la cena.

Vanessa colgó el teléfono y la sonrisa en su rostro me confirmó que finalmente Jessyka había logrado hacer lo que ella quería.

Le dijimos a Mamá que los papás de Jessyka y de Jordan les habían dado permiso para inscribirse en el concurso con nosotros.

—Me alegro mucho —dijo Mamá.

—Jessyka está terminando de editar nuestro video más reciente para enviarlo a «Southeast Star». Mamá, le di tu correo electrónico del trabajo. ¿Nos puedes ayudar a enviarlo mañana?

—Las mañanas son un tremendo corre y corre, Vanessa, pero seguro que sí. Es obvio que se han esforzado mucho para arreglar las cosas.

¡Estábamos tan cerca! Iba a ser muy difícil dormir aquella noche.

# CAPÍTULO 14
## Esperanza y oración

—Niños —dijo Mamá mientras desayunábamos la mañana siguiente—. Recibí un correo electrónico de una «Jess, la mini triatleta».

Mi corazón comenzó a latir a mil por hora. ¡Jessyka había terminado a tiempo!

—Mamá, ¿puedes abrirlo ahora? —preguntó Vanessa.

—Bueno, ¡el archivo es enorme! —respondió Mamá—. Tengo que descargarlo de un enlace que envió Jessyka. No sé si se cargará antes que tenga que irme al trabajo, Vanessa.

El abuelo puso su taza de café en la mesa.

—¿Puedo preguntar de qué están hablando?

—Abuelo, ¿recuerdas cuando anunciaron en «Southeast Star» que estaban aceptando a niños con talentos para la próxima ronda de inscripciones? Bueno, ¡Vanessa y yo vamos a participar!

Hemos estado arreglando pelo todo el verano —le dije.

No mencioné el detalle de querer ganar $5,000 para pagarle a Naija el dinero que le debía por la cámara.

—¡Ah, me encanta «Southeast Star»! —dijo Abuela—. Me recuerda cuando solía hacer los segmentos de cerámica para el programa matutino en Meridian. En ocasiones, hasta participé como invitada en el programa matutino en Jackson después que los chicos ya no vivían en la casa. ¡Era toda una celebridad! —dijo Abuela riéndose.

—Sí, Abuelo, si ganamos, ¡conocerás a Sharon McNeil! Esperaba que eso también lo entusiasmara.

El abuelo se rio mientras me miraba por encima de su taza y tomaba un sorbo de café.

—La verdad, muchachos, es que ustedes sí que han hecho un montón de cosas sin que me diera cuenta en estas últimas semanas —nos dijo.

Mamá regresó a la cocina y nos dijo que el video había terminado de descargarse.

—Dura unos pocos minutos. ¿Por qué no lo vemos juntos? —dijo.

Todo el mundo sonrió mientras nos veían a Vanessa y a mí en la pantalla. Justin trataba de repetir la parte en la que él salía. ¡No podía parar de reírse!

—¡Bueno! Apaguemos esto para que me pueda ir al trabajo —dijo Mamá.

Y con un clic, nuestras vidas podrían cambiar para siempre.

# CAPÍTULO 15
## Ganar, perder o empatar

Al otro día en el desayuno, en lo único que podía pensar era en qué me pondría si ganábamos. Probablemente le pediría a Jordan que me prestara ropa. ¿Cómo me cortaría el pelo? ¿Mi *fade* usual o debería tratar algo nuevo? Habíamos enviado nuestro video el último día del concurso, así que no tendríamos que esperar mucho antes de que anunciaran al ganador dos días después.

—J.D., ahora está en las manos de Dios —me dijo Abuelo.

—Lo que está para ti será tuyo —añadió Abuela.

Sabía que mis abuelos estaban tratando de sacarme el concurso de la mente, pero no funcionó.

Y entonces Mamá me recordó qué día era.

—¿Estás listo para el día «lleva a tu hijo al trabajo», J.D.? —me preguntó—.

Emocionante, ¿verdad?

Lo había olvidado por completo a causa del concurso. Ella lo había mencionado semanas atrás. No estaba seguro de que la oficina del alcalde fuera muy emocionante, pero me alegraba tener un sitio adónde ir mientras esperaba la respuesta de «Southeast Star».

Vanessa decidió ir al centro de recreación con la abuela y tomar una clase de cerámica, probablemente con la misma idea en mente, así que, para variar, todos nos amontonamos en el auto.

El abuelo dejó primero a la abuela, a Vanessa y a Justin —que no tenía la edad para acompañarnos— y luego nos dejó a Mamá y a mí en la oficina del alcalde.

La oficina del alcalde estaba en un edificio en la plaza principal de la ciudad. Era grande y me recordaba a las fotos que había visto de la Casa Blanca en Washington, D.C.

Todo el mundo saludó a Mamá tan pronto entró por la puerta. Ella vestía su ropa usual de trabajo: blusa blanca con botones, falda larga negra y zapatos con tacones bajos que hacían clic en los pisos de mármol.

Mamá tenía su propia oficina, y tan pronto se acomodó y encendió su computadora, entró el alcalde.

—¡Buenos días, alcalde Thompson! —ella dijo—. Le presento a mi hijo, James.

—¡Ah, sí, el barbero famoso! —contestó el alcalde Thompson.

¡Me hizo sentir muy bien que supiera que corto pelo!

El alcalde Thompson era un hombre calvo, alto, de piel marrón clara y con barba de chivo. Tenía sus gafas en la parte de arriba de la cabeza, y las bajó cuando recibió una alerta en su teléfono. Dijo que había sido bueno conocerme y se excusó.

Pasé el resto del día dibujando en un bloc de papel que tenía el sello de la oficina del alcalde. Dibujé una y otra vez a mis amigos y a mí en la televisión recibiendo un cheque de $5,000 de las manos de Sharon McNeil. Había un sofá grande en la oficina, donde me senté y observé a Mamá contestando los teléfonos, repasando la agenda del alcalde y entrando y saliendo de varias reuniones. Me pidió que la acompañara a algunas de ellas,

pero en la única que entendí algo fue en la que hablaron de presupuestos. No sabía qué era un «superávit», pero sin duda entendía lo que era una «deuda».

Mi parte favorita del día fue el almuerzo, cuando fui a la cafetería de la oficina y me senté al lado de Mamá. Me recordó al tiempo que pasábamos a solas cuando ella me hacía trenzas cosidas en el pelo, antes que empezara a cortármelo yo mismo.

Me preguntaba si Vanessa, Jessyka y Jordan estaban tan nerviosos como yo por los resultados del concurso. Quizás Vanessa sí, pero Jessyka y Jordan probablemente no.

¿Qué haría si perdíamos? ¿Estarían Vanessa y mis amigos decepcionados de mí? Lo sabría muy pronto.

# CAPÍTULO 16
# ¿Ganamos?

¡RRIIIN, RRIIIN, RRIIIN!

Habíamos estado esperando que sonara el teléfono todo el día, y hasta ahora solo habían sido falsas alarmas. Una compañía de Internet había llamado para ver si estábamos contentos con nuestro servicio. También habían llegado dos llamadas automatizadas. ¡El abuelo estaba harto de ellas! Por eso, cuando el teléfono sonó por quinta vez, dejamos que Mamá lo contestara.

—¡Hola! —dijo ella.

Unos segundos después, Mamá puso su mano sobre el receptor y nos dijo: «¡Es "Southeast Star"!».

—Claro que lo haré. Gracias por llamar —escuchamos que dijo.

—¿Qué dijeron, Mamá?

Hasta hoy, no sabía lo maravillosa que era mi

madre en actuar como si nada pasara. ¡Podría ganar un torneo de póquer!

Finalmente nos dijo que había hablado con la productora del segmento. Ellos habían evaluado poco menos de cien presentaciones de niños y niñas con todo tipo de talentos especiales. Entre todos los participantes habían seleccionado a nuestro equipo como el ganador . . . del premio al segundo lugar.

¿¡¿Qué?!?

¡No podía creerlo! No recordaba nada sobre un premio para el segundo lugar. Estaba seguro de que si llamaban a la casa era porque éramos los ganadores.

Miré a Vanessa, que parecía devastada. ¿Cómo les diríamos a Jessyka y a Jordan? Ellos también contaban con esto.

Mamá se aclaró la garganta y ambos la miramos.

—¡Es broma! —dijo ella—. ¡El video de ustedes ganó, y quieren que graben una entrevista en vivo!

Estaba demasiado emocionado para enojarme con Mamá por su truquito, y lo mismo le pasó a Vanessa. Nos unimos en un abrazo de grupo y saltamos de alegría.

Abuelo llegó para averiguar qué pasaba.

—¿Acaso alguien ganó la lotería y no me dijo? —preguntó antes de unirse al abrazo.

—No, Abuelo, ¡vamos a arreglar pelo en «Southeast Star»!

—¡Ay Dios mío, es mi programa preferido después de la telenovela *The Young and the Restless*! —dijo—. ¿Creen que puedan conseguirme un cameo?

—Solo si me dejas cortar tu pelo en vivo en la televisión, Abuelo —respondí.

—No vayas tan rápido, hijo. ¡No estoy seguro de eso!

# CAPÍTULO 17
## El gran momento

Vanessa y yo nos separamos para darles las buenas noticias a nuestros amigos. No podía esperar a ver a mi mejor amigo. Me apresuré a la casa de al lado y le pregunté al señor Mathews si podía hablar con Jordan. Me hizo señas para que entrara cuando le dije que era sobre «Southeast Star».

Jordan estaba en su cuarto, separando y organizando sus zapatillas por marca.

—¡Eh, Jordan! ¿Adivina qué? —dije emocionado—. ¡Vamos a salir en la tele!

Puso las zapatillas en el piso y me miró con incredulidad.

—¿Es en serio? —preguntó.

—¡Sí, de verdad!

—¡Wow! —contestó—. ¿Así que finalmente puedo dejar de pagarle a Naija con mi mesada?

Le expliqué que no solo podría saldar su deuda

con Naija, sino que tendría más que suficiente para las nuevas zapatillas retro que estaban a punto de salir al mercado.

—¡Eso suena fantástico! —me dijo—. Pero ahora tengo que pensar en qué ropa voy a ponerme para la entrevista...

—¡Eso se resuelve fácil! —dije mientras Jordan me seguía hacia su clóset.

# CAPÍTULO 18
## El viaje a Jackson

El día de la entrevista, me aseguré de despertarme extra temprano para perfeccionar mi *fade*. Y hasta me rapé una medialuna en mi partidura. Mi pelo tenía que verse perfecto.

Jordan me había dejado escoger ropa y zapatos de su clóset. Aunque él era más alto que yo, había guardado sus zapatillas de años anteriores, así que terminé tomando prestadas unas Nike Air Max 720 negras y una camiseta blanca con el logo de Nike al frente. ¡Me vería súper en la tele!

Le pedimos a todo el mundo que conocíamos que nos viera. Llamé a mi papá. Hasta Xavier y Eddie planearon vernos desde casa de Eddie y también invitaron a algunos jugadores de nuestro equipo de fútbol infantil.

El abuelo había aceptado llevarnos a Vanessa, a Jordan y a mí a la estación de televisión en

Jackson, que quedaba a una hora de distancia. Jessyka y su papá nos seguirían en su auto.

Abuelo era el único adulto que estaba disponible para llevarnos en ese momento, ¡pero creo que solo quería conocer a Sharon McNeil! Hasta se puso un traje de tres piezas.

Vanessa se lució con su pelo. Usó plantillas para pintarse en el pelo distintas formas coloridas y las coordinó con los colores de su falda.

Tratamos de mantenernos ocupados en el auto, simulando que nos estábamos entrevistando unos a otros.

—¡Saludos a todos, soy Sharon McNeil! —dijo Vanessa mientras se acercaba el puño a la boca como si fuera un micrófono.

—Señor J.D., ¿cuál es su secreto para un corte de pelo excelente? —me preguntó con una voz grave y simulada.

—Mis cortes siempre son excelentes. Si estás en mi silla, no tienes nada de qué preocuparte. Lucirás como nuevo por muchos días —contesté.

Jordan estalló en carcajadas.

—Espero que no digas eso en televisión —dijo él.

—¿Por qué? ¿Qué tiene de malo esa respuesta? —le pregunté—. Es la verdad.

—¡Qué sé yo! Quizás debas contestar algo más emocionante como: «Ya puedo hacer que todos los chicos en Meridian luzcan cool, ¡pero ahora voy a intentarlo en el estado entero!».

El micrófono falso de Vanessa cayó en su regazo cuando Jordan dijo eso.

Recordé la Gran batalla de barberos y cómo esa había sido la primera vez que me paré frente a toda la ciudad para mostrarle a la gente lo que yo podía hacer. Ahora haríamos lo mismo delante de extraños de tres estados distintos. Me di cuenta de que ese pensamiento puso nerviosa a Vanessa. Ella no había participado en nada parecido a la Gran batalla de barberos. Esto era nuevo para ella.

—Vanessa, es normal que estés nerviosa —le dije—. ¿Sabías que Mamá sentía náuseas antes de sus competencias de atletismo? ¿Y que se asustaba cuando tenía que sacarle sangre a la gente cuando era enfermera?

Vanessa negó con la cabeza.

—Bueno, Mamá dice que cuando estemos nerviosos nos imaginemos que todo el mundo nos está aplaudiendo.

Creo que el consejo de Mamá ayudó a Vanessa, porque sus hombros se relajaron y volvió a sacar el micrófono falso.

—Bueno, J.D., cuéntanos cómo tu hermana mayor ha influenciado tu vida —dijo en su grave voz de entrevistadora.

Todos nos reímos, ¡hasta el abuelo!

# CAPÍTULO 19
## ¡Qué comience el espectáculo!

Tan pronto llegamos a la estación, nos recibió Kat McDonald, la joven con la que Mamá había hablado por teléfono.

Kat McDonald tenía afeitada la parte de atrás de su cabeza, con diamantes rapados en la nuca y algunas rastas con las puntas violetas amarradas en la parte de arriba.

—¡Wow! ¿Cuánto tiempo tomó para que te arreglaran el pelo así? —le pregunté.

—Eh, como unos treinta minutos para la parte de atrás y cerca de una hora y media para el color —respondió.

Me pregunté si alguna de mis amistades me dejaría hacerle rastas. Apuesto a que Jessyka me dejaría.

Kat llevaba una camiseta de la Universidad de Tuskegee metida en unos vaqueros acampanados.

Nos explicó que iba a comenzar su último año en la universidad y que esperaba convertirse algún día en presentadora de televisión.

—¡Me alegra muchísimo que hayan aceptado hacer esto! Este es el primer segmento que produzco yo sola —ella dijo.

Kat nos dio un rápido recorrido por el estudio. Jordan pudo pararse detrás de las cámaras, y Vanessa vio donde les arreglaban el pelo a las presentadoras y las maquillaban.

Entonces escuché un fuerte taconeo y ¡apareció Sharon McNeil!

—¡Hola! ¿Así que ustedes son J.D., el niño barbero; Vanessa, la chica hacelotodo, y sus amigos Jessyka y Jordan? —nos preguntó.

Sharon estaba vestida con un pantalón rosa brillante con tacones rosas que hacían juego con su atuendo. Lucía como un crayón gigante.

—Sí, señora —le contestamos.

—Todos ustedes son pequeñas estrellas. Veo un futuro brillante para ustedes. ¡Estamos muy contentos de tenerlos aquí hoy! Kat los preparará para el segmento. ¡Recuerden, es en vivo, así que no habrá oportunidad de repetirlo!

Kat nos llevó a lo que llamó el «cuarto verde», pero en realidad no había nada verde allí. Era un cuarto normal con un sofá enorme, dos sillas, un baño y una mesa con bandejas de comida. Era más de lo que imaginaba que podría comer cualquier persona, desde frutas hasta quesos, pedacitos de pan y carne.

Me recordó al New Meridian Buffet, pero estaba demasiado nervioso para comer.

En la pared había fotos de personas famosas de Mississippi y de los otros estados del sur. Oprah Winfrey estaba en el centro.

Vanessa, Jessyka y Jordan corrieron al sofá y comenzaron a saltar en él.

—¡Bájense, muchachos! —dijo Abuelo—. ¡Siéntense y déjense de tanto lucimiento delante de estas personas tan agradables!

Kat se rio entre dientes.

—Sé que esto es muy emocionante, pero traten de mantener el cuarto organizado para los próximos invitados —nos dijo.

Kat nos enganchó en la cintura una batería

para el micrófono, nos pasó el cable por la espalda y luego nos sujetó el micrófono con un clip en el interior del cuello de nuestras camisas. Jessyka llevaba pantalones deportivos rosas y negros, zapatos de vestir negros brillantes y una camiseta blanca metida dentro del pantalón. Se había pintado las uñas con colores alternados, y hasta las cuentas en su pelo coordinaban por colores. La noche anterior, Jordan me había pedido que le hiciera un *fade* nuevo, con la letra J rapada en un lado, y llevaba unas zapatillas nuevas Air Jordan 1 rojas y negras.

—Este es su micrófono —nos dijo Kat—. Simplemente hablen con su voz normal y todo estará bien.

Kat explicó que nuestro segmento no duraría más de cinco minutos. Yo hablaría de lo que me había inspirado para empezar a cortar pelo, y Vanessa hablaría de dónde sacaba sus ideas para los diferentes peinados y diseños de uñas. Luego Sharon les preguntaría a Jordan y Jessyka sobre la producción de videos.

—¡Usted sabe todo sobre nosotros, señorita McDonald! —dije.

—Por favor llámame Kat, y es mi trabajo saber todo sobre ustedes. ¡Soy la productora!

Kat me dijo que después de la entrevista yo le haría al modelo un corte de pelo y estilizado sencillo. El modelo era el meteorólogo Carl «Stormy» Anthony. Vanessa le arreglaría las uñas a Sharon McNeil.

—¡Qué emocionante, J.D.! ¡También soy fan de Carl! —dijo Abuelo.

El abuelo veía tanto las noticias que parecía ser fan de todos en la estación.

—Llamaremos a la puerta cinco minutos antes de la presentación en vivo —dijo Kat—. Y, para terminar, no te olvides de tus herramientas. Vamos a tener un taburete para que puedas alcanzar la cabeza de Carl.

Había traído mi máquina recortadora, tijeras, un peine y pasta y pomada para estilizar. Esperaba que mi equipo no dejara de funcionar como me había pasado en la Gran batalla de barberos.

Cinco minutos después, Kat nos avisó que era el momento de empezar el espectáculo.

Los cuatro pasamos el área entre bastidores y entramos al estudio de televisión. Había un sofá, un escritorio y cámaras por todas partes. Comencé a ponerme nervioso. Creo que Vanessa se dio cuenta, porque puso su mano en mi hombro.

—Hola, J.D., el niño barbero, ¿verdad? —Era Carl, un hombre de mediana edad con algunas canas salpicando su pelo. Usaba gafas y ya tenía puesta una capa. Me di cuenta de que el área de su nuca no tenía ninguna forma.

—¡Hola, señor Anthony! —contesté.

—Tómalo con calma conmigo, ¿sí? ¡A mi esposa no le gustará para nada si regreso a casa con un *fade* torcido!

Entendía perfectamente. El *fade* torcido que me hizo mi mamá inició toda mi carrera.

Entonces escuché la voz de Kat.

—Siéntense todos en el sofá ahora, por favor —la oí decir. Era raro escuchar su voz sin poder verla. ¡Era casi como si tuviéramos walkie-talkies!

Luego se encendieron unas luces brillantes y escuché un poco de música.

Respiré hondo. ¡No había audiencia en vivo, pero todo el mundo en Mississippi, Tennessee y Georgia estaría en sintonía!

Sharon McNeil salió al set y se veía muchísimo más alta que nosotros con sus tacones rosados.

—¡Estaremos en vivo en tres, dos, uno! —dijo Kat.

—Hoy estamos en vivo con el «Southeast Star», debo decir «Stars», de esta semana, ¡excepto que es nuestra edición junior! Estos jovencitos extraordinarios no solo arreglan pelo y uñas, ¡también crean videos sorprendentes que nos inspiran a todos en nuestros hogares! —dijo Sharon McNeil—. Ahora, vayamos en orden y dígannos su nombre y edad— dijo mientras se volvía hacia nosotros.

—¡Me llamo J.D. el niño barbero, y tengo ocho años!

—Yo soy la hermana mayor, Vanessa, y tengo diez años.

—¡Me llamo Jessyka, con y y con k, y acabo de cumplir nueve años!

—Soy Jordan y también acabo de cumplir nueve años. Todos vamos a estar en cuarto grado el año que viene, excepto Vanessa. Ella está en middle school.

—¡Fantástico! Le voy a hacer una pregunta a

cada uno y luego tendremos una sorpresa al final —dijo Sharon McNeil.

—J.D. el niño barbero, entiendo que ganaste hace poco una batalla de barberos. ¿Qué te inspiró a comenzar a cortar pelo a tu edad?

—Así es, señora. Le gané al único barbero de verdad en la ciudad: Henry Jr., de Hart and Son. Después comencé a trabajar para él. ¡Hola, Henry Jr.! —Saludé con mi mano hacia la cámara, por si acaso Henry Jr. me estaba viendo—. Pero quería una audiencia más grande, así que comencé a subir videos al Internet. Ah, y empecé a cortar mi pelo porque no me gustó como me lo cortó mi mamá —contesté.

Sharon se rio por lo último que dije. Vanessa me miró como si hubiera revelado un secreto familiar.

—Por cierto, el viaje a Jackson fue divertido —añadí—. ¡No salgo mucho de Meridian!

Sharon McNeil se rio otra vez.

Después de todo, ¡esto no era tan difícil!

—Y, señorita Vanessa, ¿de dónde sacas las ideas para tus impresionantes diseños de uñas y peinados?

—¡De mi mente! —Vanessa respondió de inmediato. ¡Casi no dejó que Sharon terminara su pregunta!—. Comencé esto porque era una idea de negocio para un proyecto de la escuela. Mi hermano es mi empleado. Apuesto a que después de todo lo que he aprendido en las últimas semanas, yo podría dar la clase. ¡Tener un negocio no es fácil!

¡Ah, siempre tenía que incluir la línea «mi hermano es mi empleado»!

—Señorita Jessyka, ¡te ves muy deportiva!

Entiendo que ayudas a filmar y editar estos videos, ¿cierto?

—Sí, estoy mejorando mucho, muchísimo, con iMovie y Adobe Premiere. Ahora puedo crear gráficos en movimiento, como en las películas —dijo Jessyka con orgullo.

—Wow, yo apenas puedo enviar correos electrónicos en mi celular —dijo la señora McNeil.

Algunas personas del equipo se rieron como si estuvieran de acuerdo con ella.

—Por último, pero no menos importante, señor Jordan, ¿cuál es tu papel en este proyecto?

—Soy el director y el supervisor de equipo. Dirigí el video que usamos para la competencia. Creo que quiero dirigir mis propias películas algún día. O quizás mis propios videojuegos. No estoy seguro —dijo Jordan mientras se encogía de hombros.

—Bueno, sin duda tienes tiempo para averiguarlo y para tratar muchas opciones diferentes, ¡y te deseo la mejor de las suertes con eso! —dijo Sharon.

En ese momento, escuché la voz de Kat en mi auricular.

—J.D., ¡párate ahora en el taburete que coloca-
mos detrás de Carl!

En televisión todo pasaba rápido. ¡Ya casi habíamos terminado! Parece más largo cuando lo miras
en la casa.

Me paré en el taburete detrás del meteorólogo.

—¿Qué le vas a hacer hoy a nuestro valiente
meteorólogo? —me preguntó la señora McNeil.

—Voy a darle forma a su pelo en el área de la
nuca, a rociar un poco de agua en la parte de arriba
y untarle una pomada de estilo ¡para que parezca
que fue a un peluquero de verdad! —respondí.

Mientras yo trabajaba en la cabeza de Carl,
Sharon McNeil seguía haciéndome preguntas.

—¿Quién fue tu primer cliente, J.D.? —preguntó.

—Mi hermano menor, Justin. Después le siguió mi amigo Jordan —contesté.

Escuché en mi oído que Kat gritó:

—¡Treinta segundos para terminar!

—Pueden ver que le di forma en el área de su nuca, le rocié agua y le unté la pomada. Es fácil de hacer. ¡Cualquiera puede hacerlo en casa! —dije.

Giré la silla para que el señor Anthony quedara frente a todas las cámaras, y vi que un camarógrafo hizo zoom en su nuca.

Le entregué un espejo a Carl.

—¡Muy buen trabajo, J.D.! —él dijo.

Antes que terminara oficialmente el segmento, Vanessa sacó todos sus accesorios para uñas y le hizo una manicura rápida a Sharon McNeil, añadiendo un toque de color y bling.

—¡Mira cómo transformaste completamente mis uñas, jovencita! ¡Realmente sí haces de todo! —dijo Sharon.

Kat nos pidió a Vanessa y a mí que nos paráramos uno al lado del otro para filmar lo que ella llamó nuestro «outro». Me pareció que simplemente significaba despedirnos de la gente que nos estaba viendo en casa.

—Díganle a todo el mundo dónde pueden encontrarlos, J.D. el niño barbero; Vanessa, la chica hacelotodo; Jessyka, la editora; y Jordan, el director. ¡Todos son genios! —dijo Sharon McNeil.

Vanessa no perdió ni un segundo y exclamó:

—¡Simplemente busquen nuestro canal de YouTube, *Kidz Cutz and Nailz*! ¡Arreglamos a niños y a niñas!

Las luces se atenuaron y los camarógrafos comenzaron a salir del set.

Mientras salían, el equipo nos chocó con los puños.

Kat llegó de atrás del escenario.

—¡Todos estuvieron fantásticos! J.D., ¿tienes un correo electrónico? Quiero enviarte una copia del segmento después que salga al aire —me preguntó—. También lo publicaremos en el canal de YouTube de la estación, ¡y los vamos a etiquetar!

¡Eso era música para mis oídos! WTOK tenía 150,000 seguidores. ¡Toda esa gente vería el clip en Internet si nos etiquetaban!

—Nosotros no tenemos un correo electrónico, pero mi mamá sí. —Le dije a Kat el correo de Mamá.

—Chicos, ¡gracias por convertir mi primer segmento en todo un éxito! —dijo Kat.

La estación nos envió a casa con camisetas, botellas de agua, gorras de béisbol y *PopSockets* gratis. No podía esperar para repartirlos entre la gente que me había apoyado desde la Gran batalla de barberos, como Abuela, Justin, Mamá, Xavier, Eddie, Henry Jr. y Henry Sr. ¡Hasta podría enviarle algo por correo a mi papá!

El abuelo nos dijo que estaba orgulloso de lo que habíamos hecho. Y mientras nos llevaba a Vanessa, Jordan y a mí de regreso a la casa, él siguió hablando de sus partes favoritas de la entrevista.

—¡Mis nietos en la televisión! —dijo Abuelo—. Déjenme saber, muchachos, si quieren ayuda para atraer el mercado de las personas mayores a su página. ¡Tengo algunas ideas!

Yo también estaba orgulloso y mi mente no paraba de pensar en lo próximo que podía hacer.

# CAPÍTULO 20
## La vida después de la fama

Tomó algo de tiempo para que llegaran los $5,000 de la estación de televisión. Pero cuando llegaron, como prometimos, lo dividimos en cuatro partes iguales y Naija pudo comprarse una cámara nueva. *Kidz Cutz and Nailz* ahora tenía más de 1,000 seguidores que veían nuestros videos cada vez que los publicábamos. Nuestro segmento «Southeast Star» había sido exitoso, ¡y había sido visto casi 100,000 veces en el canal de YouTube de WTOK! Finalmente estábamos recibiendo el tipo de atención que Vanessa y yo nos habíamos propuesto cuando comenzamos nuestro negocio familiar.

El concurso también había sido bueno para nuestros amigos.

Jessyka tuvo otras conversaciones con su papá que llevaron a algunos cambios.

—¡Ahora tengo una semana al mes en la que puedo decidir qué quiero hacer con mi tiempo! —dijo Jessyka—. ¡Escribo las letras J-E-S-S-Y-K-A a lo largo de toda la semana en mi calendario!

Por lo general, ella y Vanessa pasaban mucho tiempo grabando videos para niñas sobre pelo y uñas.

—Si publico cada semana, sigo ganando nuevos seguidores —dijo Vanessa.

—¿Entonces todavía vas a participar en el programa Junior Business Scholars después de esto? —le pregunté.

Vanessa se encogió de hombros.

—Quizás. No necesito del programa para demostrar que sé cómo dirigir un negocio. Ya aprendí por mi cuenta.

Supongo que tenía razón. Incluso tenía un empleado. ¡Pero nunca diría eso en voz alta!

—Tengo muchas ideas, J.D. ¡Ten cuidado!

A Jordan también le entusiasmaba el futuro.

—Nunca pensé que podría ganar un concurso —me dijo—. ¡No soy como tú, J.D.! Pero gané de todos modos, entonces ¿qué más puedo hacer?

Después de discutirlo con Naija, Jordan decidió iniciar su propio *Twitch*.

—¿Qué es *Twitch*? —le preguntó Naija.

—No te preocupes —le dijo Jordan, sonriendo.

—Pero voy a necesitar que me prestes tu cámara otra vez...

Nuestro segmento fue el tema más discutido de la ciudad por días. Cada vez que salía a la calle, la gente me hacía comentarios agradables. Lo mismo estaba sucediendo en línea, en la sección de comentarios. Un día, durante mi tiempo para usar la computadora, leí los comentarios del video que presentamos a WTOK para ver qué había de nuevo.

La mayoría eran elogios comunes y corrientes.

**¡Esos muchachos son increíblemente talentosos!**

**¡Uf, mira el *fade* tan cool de ese chico!**

Pero uno era distinto —más largo— y llamó mi atención.

¡Hola! Soy Holly Williams, directora de mercadeo y patrocinio para la Expo de estilistas Beauty Brothers en Atlanta, Georgia. ¡Estoy interesada en invitar a J.D. el niño barbero a nuestra próxima convención el primer fin de semana de agosto! Sé que es de último momento, pero por favor pídele a un mánager que me envíe un correo electrónico a hwilliams@beautybrothers.com. Nos gustaría patrocinarte completamente.

«Patrocinar», ¿qué significaba eso? Tendría que preguntarle a mi mamá.

Sin importar lo que significara, ¡un viaje a Atlanta sonaba emocionante! Me preguntaba si Abuelo me llevaría en un viaje así de lejos. Me gustó viajar a Jackson para la entrevista. ¿Acaso el premio de WTOK sería suficiente para pagar un viaje?

Nunca había estado en una expo de estilistas. En una ocasión había oído a Henry Jr. hablar de una. Me dijo que ahí se reunía la gente para enseñar nuevas técnicas, intercambiar ideas y aprender sobre nuevos productos y estilos. Yo quería aprender más, y quizás Holly Williams pensaba que yo también tenía algo que podría enseñar.

Sin embargo, en lo que Atlanta me hizo pensar más fue en mi papá. Él vivía en Atlanta. Si iba a Atlanta para la expo de estilistas, tal vez podría visitarlo. Si manejábamos, Atlanta estaba solo a cuatro o cinco horas de distancia. Lo sabía porque siempre pasábamos por allí de camino a Carolina del Norte para visitar a mi tío y a mis primos en Chapel Hill. ¡O quizás viajaría en avión por primera vez!

Miré hacia el sofá, donde mi mamá estaba leyendo un libro.

—Mamá, ¿puedes venir y mirar esto, por favor? —dije.

—¿Qué es, J.D.? —ella preguntó.

—¿Crees que esto es real? —señalé el comentario de Holly en la pantalla para que Mamá supiera cuál leer—. ¿Puedes enviarle un correo electrónico para averiguar más?

—Estoy segura de que he escuchado sobre

Beauty Brothers —me dijo—. Puedo enviarles el correo mañana desde el trabajo.

Antes de finalizar la sesión en la computadora, entré al sitio web de Beauty Brothers.

Lo que vi me sorprendió. ¡Había videos de gente con los estilos más impresionantes que jamás hubiera visto! ¡Diferentes colores y diseños que jamás soñé! Había toda una página que describía la expo. ¡Era internacional, lo que significaba que los mejores barberos y estilistas del mundo estarían allí! ¡Y querían que me uniera!

Entonces vi la parte más emocionante. La expo tendrá un artista destacado: ¡el chico rapero Li'l Eazy Breezy!

—¡Mamá! ¡Li'l Eazy Breezy va a cantar en la expo de estilistas! —grité.

Vanessa soltó la revista de pelo que estaba leyendo en la cocina y corrió hasta la computadora.

—¿Dónde?

Le mostré el comentario de Holly y el sitio web de Beauty Brothers. Vanessa empezó a brincar y yo me uní también.

—¿Quién es Li'l Eazy Breezy? —Mamá preguntó.

—Él es el mejor chico rapero que existe hoy día —dije.

—Sí, Mamá, ¡todo el mundo conoce su canción *The TikTok Slide!*

Busqué el video de *The TikTok Slide*. Había sido visto más de 200 millones de veces.

—Mamá, ¿puedes POR FAVOR responder al correo electrónico? —pregunté.

—Mañana cuando esté en el trabajo, J.D. —dijo—. Ten un poco de paciencia.

Cuando Mamá regresó del trabajo, sentí como si hubiera esperado ocho años. Ella me leyó el correo electrónico que recibió de Beauty Brothers.

Saludos, Señora Jones:

Soy Holly Williams, directora de mercadeo y patrocinio para la Expo de estilistas Beauty Brothers. Somos la expo de belleza más grande de la región sureste del país. Cada año, miles de profesionales del cuidado del pelo en todo el mundo se reúnen en Atlanta, Georgia, para establecer contactos, comprar productos de belleza exclusivos y recibir educación continua en la industria del cuidado del pelo. Este año nuestro tema es «La experiencia digital GLAM».

Después de ver en YouTube el video de su hijo, nos complace extenderle a J.D. una oferta de patrocinio para la expo de este año en Atlanta. El patrocinio incluye tarifa aérea y alojamiento en hotel para su hijo y un acompañante adulto. Ambos recibirán comidas gratuitas, acceso VIP durante todo el fin de semana y la oportunidad exclusiva de conocer y saludar al artista destacado de este año, la sensación del Internet Li'l Eazy Breezy.

J.D. sería incluido en la categoría «Sensación de las redes sociales para la industria de belleza». Y lo invitaremos a dar una demostración en vivo en el escenario.

Es una gran oportunidad. ¡Nos encantaría contar con su asistencia! Esperamos que nos deje saber durante la próxima semana si desea asistir.

Mis mejores deseos,

Holly Williams
Directora de mercadeo y patrocinio
Beauty Brothers

P.D. Nuestro tema para el próximo es «Al natural es la clave: lo mejor en trenzas y el cuidado natural del pelo». No olvidaremos a Vanessa.

—Mamá, tienes que dejar ir a J.D. —dijo Vanessa.

¡Mi hermana no me había fallado! Todo el tiempo que pasamos juntos este verano había marcado una diferencia.

—Y luego a mí el año que viene —ella añadió, y después sonrió con satisfacción.

Mamá releyó en silencio el correo electrónico.

—Ustedes saben que tomamos decisiones en familia —nos dijo.

Es cierto. Los tres adultos tenían que estar de acuerdo o no pasaría.

—Lo discutiré con sus abuelos.

Pensé en cuántos años tendría que cumplir para tomar mis propias decisiones algún día.

A veces tener ocho años no era tan bueno.

Más tarde aquella noche, me senté con Abuela en el porche. No sabía si Mamá ya había hablado con ella. Hacía calor y Abuela estaba cuidando a Justin mientras jugaba con sus juguetes antes que él tuviera que ir a bañarse.

—Abuela, ¿has estado alguna vez en Atlanta? —le pregunté.

—Sí, cariño, una vez, para una convención de cerámica —me dijo.

—¿Qué te pareció?

—Bueno, definitivamente es una ciudad repleta de gente —me dijo—. Muchísima más gente que en Meridian. Diría que DEMASIADA gente.

Se rio y me dio unas palmaditas en la espalda.

—¿Por qué me preguntas?

—Pienso que es un lugar donde me gustaría vivir cuando crezca —le dije.

Las cejas de la abuela se levantaron y se reclinó hacia atrás, como si le hubiera sorprendido mi respuesta.

—¿Por qué piensas así? —me preguntó.

Un montón de pensamientos estaban dando vueltas en mi mente, pero le dije que Atlanta sonaba como el lugar más importante para la industria del pelo. Si algún día quería convertirme en un barbero profesional, probablemente necesitaría vivir en una ciudad más grande. Y si quería mejorar, tenía que estar cerca de diferentes barberos, no solo Henry Jr.

—Entiendo —me dijo Abuela—. Durante algún tiempo, enseñé cerámica fuera del estado. Aprendí mucho de esa experiencia.

—¿Cómo llegaste a ser tan buena en eso, Abuela?

—Con práctica y aprendiendo de los errores —me dijo—. Tienes que aprender a tomar algo que piensas que es bueno y hacerlo mejor.

Es lo que había estado tratando de hacer todo este tiempo.

—J.D., creo que ya estás en ese trayecto.

Abuela pasó su mano por mi mejilla. Me encantaba cuando lo hacía.

—En los últimos meses, he visto cómo has tomado muy en serio tu negocio de cortar pelo. Y además trabajas muy bien con otras personas, y eso es importante. ¡No es fácil trabajar con la familia!

Abuela y yo nos miramos y nos reímos.

—Ahora bien, tu mamá nos contó a tu abuelo y a mí de tu más reciente oportunidad. Discutimos todos los detalles. No se supone que te diga todavía, pero ¿crees que puedas actuar sorprendido cuando recibas la noticia oficial?

¿Significaba eso que podía ir? Asentí tan rápido que todo se volvió borroso por un segundo.

Abracé fuertemente a Abuela. Nos quedamos en el porche un rato más mientras Justin usaba su muñeco del Hombre Araña para excavar en la tierra.

No sé en qué estaba pensando Abuela, pero yo pensaba en todo lo que podría ocurrir en mi próxima aventura.